U0051646

隨身攜帶版

初學者

附中日發音
音檔QR Code

開口說日語

中間多惠/編著

一緒に日本語を
覚えましょう！

笛藤出版

五十音図表

Let's study the Japanese alphabet あいうえお！

平仮名と片仮名

- 日文字母順序照あいうえお……排列
- 日文字母分平假名和片假名，( )部份為片假名
- 片假名常用於外來語

1. 清音

行／段	あ(ア)段	い(イ)段	う(ウ)段	え(エ)段	お(オ)段
あ(ア)行	あ(ア) a	い(イ) i	う(ウ) u	え(エ) e	お(オ) o
か(カ)行	か(カ) ka	き(キ) ki	く(ク) ku	け(ケ) ke	こ(コ) ko
さ(サ)行	さ(サ) sa	し(シ) shi	す(ス) su	せ(セ) se	そ(ソ) so
た(タ)行	た(タ) ta	ち(チ) chi	つ(ツ) tsu	て(テ) te	と(ト) to
な(ナ)行	な(ナ) na	に(ニ) ni	ぬ(ヌ) nu	ね(ネ) ne	の(ノ) no
は(ハ)行	は(ハ) ha	ひ(ヒ) hi	ふ(フ) fu	へ(ヘ) he	ほ(ホ) ho
ま(マ)行	ま(マ) ma	み(ミ) mi	む(ム) mu	め(メ) me	も(モ) mo
や(ヤ)行	や(ヤ) ya		ゆ(ユ) yu		よ(ヨ) yo
ら(ラ)行	ら(ラ) ra	り(リ) ri	る(ル) ru	れ(レ) re	ろ(ロ) ro
わ(ワ)行	わ(ワ) wa				(ヲ) o
ん(ン)行	ん(ン) n				

2. 濁音

ガ(ガ)行	が(ガ) ga	ぎ(ギ) gi	ぐ(グ) gu	げ(ゲ) ge	ご(ゴ) go
ざ(ザ)行	ざ(ザ) za	じ(ジ) ji	ず(ズ) zu	ぜ(ゼ) ze	ぞ(ゾ) zo
だ(ダ)行	だ(ダ) da	ぢ(ヂ) ji	づ(ヅ) zu	で(デ) de	ど(ド) do
ば(バ)行	ば(バ) ba	び(ビ) bi	ぶ(ブ) bu	べ(ベ) be	ぼ(ボ) bo

3. 半濁音

ぱ(パ)行	ぱ(パ) pa	ぴ(ピ) pi	ぷ(プ) pu	ぺ(ペ) pe	ぽ(ポ) po

✿Introduction

　　因應讀者需求，受廣大讀者們肯定的《隨身攜帶版初學者開口說日語》特別將原有的中日對照 MP3 光碟，改為 MP3 音檔 QR Code，方便讀者隨時聆聽。全書中日對照單字、例句音檔，走到哪聽到哪，記憶更深刻，聽讀更流暢！（音檔連結請參見 P.5 下方。）

　　全書共分成五大章節，以循序漸進的方式，引導讀者們學習。第 1～3 章，介紹基本的日語生活用語；第 4～5 章，介紹如何實際與日本人溝通，以及到日本旅遊的例句會話。還附上日本地鐵圖、各站名稱及日本主要知名景點、名店等。

《五大章節，從基礎到進階》循序漸進教您用最基本的句子表達想法和溝通。

《1000 句‧3000 字彙》上千個單字例句並穿插實用會話，一次滿足所有讀者的學習慾望！

《日、中區隔‧羅馬音輔助》日、中區隔，並標注羅馬音，方便學習好對照。即使不會五十音，也能輕鬆開口說日語！

《框格式單字排版》簡單明瞭的框格式單字記憶法，學習日語更上手，直接手指溝通也大丈夫。

《各地地鐵路線圖、各路線站名》除了地鐵路線圖外，各路線站名也標示出日語發音和羅馬拼音，讓您在日本搭地鐵順利抵達目的地。

《完整介紹日本各地知名景點、店名》本書最後特別介紹日本各地旅遊景點及耳熟能詳的店名一覽，幫助您在遊日過程中更得心應手。

《輔助 MP3，日語說得漂亮又流利》附上日中對照 MP3 音檔 QR Code，搭配本書學習，初學立即開口說，日語越說越流利！

※本書內容中譯文
　計算金錢單位的「元」均指日圓。

Contents * 目錄

PART 1 會話即時通

どうぞ。

お邪魔
します。

4

PART 2 單字入門通

こどもの日

♪ MP3 音檔請掃 QR code 或至下方連結下載：

https://bit.ly/SpeakJP

※ 請注意英文字母大小寫區別

■日語發聲｜林鈴子・須永賢一
■中文發聲｜常青・李正純

PART **4** 旅遊日語開口說

両替をしたい
のです。

寿司

コスメショップ

タクシー

お守り

ポスト

サッカー
バスケットボール

ひげをそって
ください。

雨が降りそう！
はやく家に
帰らないと…

郵便局

この小包の
重さをはかって
いただけますか？

はい、
かしこまり
ました。

9

PART 5 日本便利通

會話即時通

打招呼

（おはようございます！）

🎋 日常招呼

1 おはようございます。　　　早安。
o.ha.yo.o.go.za.i.ma.su

2 こんにちは。　　　　你好。（白天的問候語）
ko.n.ni.chi.wa

3 こんばんは。　　　　你好。（晚上的問候語）
ko.n.ba.n.wa

4 お休みなさい。　　　晚安、再見。
o.ya.su.mi.na.sa.i

5 さようなら。　　　再見。
sa.yo.o.na.ra

6 じゃ、また。／ では、また。　　再見、改天見。
ja、ma.ta ／ de.wa、ma.ta

└🍌 你也可以這樣說喔！

　　＊ では、また今度。　　　下次見。
　　　de.wa、ma.ta.ko.n.do

　　＊ では、またあとで。　　待會見、改天見。
　　　de.wa、ma.ta.a.to.de

會話

🐵 お元気ですか。　　　　你好嗎？
o.ge.n.ki.de.su.ka

🐵 はい、元気です。おかげさまで。是的，我很好。
ha.i、ge.n.ki.de.su。o.ka.ge.sa.ma.de　托你的福。

第一次見面

由美と呼んで
ください。

1 私の名前は桜井由美です。
わたし　なまえ　さくらい　ゆみ
wa.ta.shi.no.na.ma.e.wa.
sa.ku.ra.i.yu.mi.de.su

我的名字是櫻井
由美。

2 由美と呼んでください。
ゆみ　よ
yu.mi.to.yo.n.de.ku.da.sa.i

叫我由美就可以了。

會話

はじめまして、私は林です。
わたし　りん
ha.ji.me.ma.shi.te、
wa.ta.shi.wa.ri.n.de.su

你好，我姓林。

どうぞよろしくお願いします。
ねが
do.o.zo.yo.ro.shi.ku.
o.ne.ga.i.shi.ma.su

請多多指教。

私は中田です。
わたし　なかた
wa.ta.shi.wa.na.ka.ta.de.su

我姓中田。

こちらこそどうぞよろしく
お願いします。
ねが
ko.chi.ra.ko.so.do.o.zo.
yo.ro.shi.ku.o.ne.ga.i.shi.ma.su

也請你多多指教。

到別人家拜訪

會話 ❶

お邪魔します。
じゃま
o.ja.ma.shi.ma.su

打擾了。

どうぞ。
do.o.zo

どうぞ。

請進。

お邪魔
します。

會話❷

〔主人〕お飲み物はいかがですか？
の　もの
o.no.mi.mo.no.wa.i.ka.ga.de.su.ka
要不要喝點東西呢？

〔客人〕お構いなく。
かま
o.ka.ma.i.na.ku
不用麻煩了。

到別人公司

會話

失礼します。
しつれい
shi.tsu.re.i.shi.ma.su
打擾了。

どうぞお入りください。
はい
do.o.zo.o.ha.i.ri.ku.da.sa.i
請進。

お元気で。

告別語

🌿 **日常告別**

會話

🐵 さようなら、また明日。 sa.yo.o.na.ra、ma.ta.a.shi.ta	明天見。
🐵 また明日。お気をつけて。 ma.ta.a.shi.ta。o.ki.o.tsu.ke.te	明天見。路上小心。

🌿 **拜訪結束**

1 お邪魔しました。
o.ja.ma.shi.ma.shi.ta

打擾了。

2 失礼します。
shi.tsu.re.i.shi.ma.su

告辭了。

會話 ❶

🐵 そろそろ失礼します。 so.ro.so.ro.shi.tsu.re.i.shi.ma.su	我差不多該走了。
🐵 そうですか、ぜひまた お越しください。 so.o.de.su.ka、ze.hi.ma.ta. o.ko.shi.ku.da.sa.i	這樣啊，下次歡迎再來。

そろそろ行（い）かなければ
なりません。
so.ro.so.ro.i.ka.na.ke.re.ba.
na.ri.ma.se.n

我得走了。

残念（ざんねん）です。また遊（あそ）びに来（き）て
ください。
za.n.ne.n.de.su。
ma.ta.a.so.bi.ni.ki.te.ku.da.sa.i

真可惜。
有空再來玩。

はい、ぜひ。
ha.i、ze.hi

一定會的！

今日（きょう）はお招（まね）きいただき
ありがとうございました。
kyo.o.wa.o.ma.ne.ki.i.ta.da.ki.
a.ri.ga.to.o.go.za.i.ma.shi.ta

今天非常謝您
的招待。

いえいえ、よかったら、
またいらっしゃってください。
i.e.i.e、yo.ka.t.ta.ra、
ma.ta.i.ra.s.sha.t.te.ku.da.sa.i

哪裡，不介意的
話，歡迎再來。

抒發感想

今日（きょう）はとても楽（たの）しかったです。
kyo.o.wa.to.te.mo.ta.no.shi.ka.t.ta.de.su

我今天過得很快
樂。

私（わたし）も楽（たの）しかったです。
wa.ta.shi.mo.ta.no.shi.ka.t.ta.de.su

我也是。

お話しできて、嬉しかったです。很高興能夠和你
o.ha.na.shi.de.ki.te、 聊天。
u.re.shi.ka.t.ta.de.su

私もです。 我也是。
wa.ta.shi.mo.de.su

下班要先行離開時

會話

お先に失礼します。 我先走了。
〔下屬〕o.sa.ki.ni.shi.tsu.re.i.shi.ma.su

お疲れ様。 辛苦了。
〔上司〕o.tsu.ka.re.sa.ma

お疲れ様でした。 辛苦了。
〔下屬〕o.tsu.ka.re.sa.ma.de.shi.ta

離開前，拜託別人轉告事情時

會話❶

伊藤さんによろしくお伝え 請代我向伊籐小
ください。 姐說一聲。
i.to.o.sa.n.ni.yo.ro.shi.ku.
o.tsu.ta.e.ku.da.sa.i

はい、お伝えいたします。 好的，我會轉告
ha.i、 o.tsu.ta.e.i.ta.shi.ma.su 她的。

みなさまによろしく。
mi.na.sa.ma.ni.yo.ro.shi.ku

代我向大家問好。

はい、伝えておきます。
ha.i、tsu.ta.e.te.o.ki.ma.su

好的,我會替你轉達。

會話 ③

これを壺田さんに渡してください。
ko.re.o.tsu.bo.ta.sa.n.ni.
wa.ta.shi.te.ku.da.sa.i

麻煩你把這個交給壺田小姐。

分かりました。
wa.ka.ri.ma.shi.ta

好的。

約定下次再相見

會話 ①

今度はいつお会いできますか。
ko.n.do.wa.i.tsu.o.a.i.de.ki.ma.su.ka

下次何時可以見面呢?

次の火曜日はどうですか。
tsu.gi.no.ka.yo.o.bi.wa.do.o.de.su.ka

下星期二如何?

いいですね。
i.i.de.su.ne

好啊。

今度はいつ
お会い
できますか？

次の火曜日は
どうですか？

また、お会いしましょう。
あ
ma.ta、o.a.i.shi.ma.sho.o

下次見！

ええ。楽しみにしてます。
たの
e.e.ta.no.shi.mi.ni.shi.te.ma.su

嗯、期待下次再見。

探訪完病人時

1 お大事に。
だい じ
o.da.i.ji.ni

多保重。

2 あまり無理をしないで下さい。
む り　　　　　　　　く だ
a.ma.ri.mu.ri.o.shi.na.i.de.ku.da.sa.i

請不要太勉強自己的身體。

3 早く元気になって下さい。
はや　げん き　　　　　　　く だ
ha.ya.ku.ge.n.ki.ni.na.t.te.ku.da.sa.i

祝你早日康復。

早く元気になって下さい。

会いに来てくれてありがとう！

要分離很久時

會話

お元気で。
げん き
o.ge.n.ki.de

保重。

あなたもお元気で。
げん き
a.na.ta.mo.o.ge.n.ki.de。

你也保重。

You got mail!

おめでとう
ございます。

祝賀語

🌾 日常祝賀語

1 おめでとうございます。
o.me.de.to.o.go.za.i.ma.su
恭喜。

2 ご入学／ご卒業おめでとう
ございます。
go.nyu.u.ga.ku ／go.so.tsu.gyo.o.
o.me.de.to.o.go.za.i.ma.su
恭喜你入學
畢業。

3 ご就職おめでとうございます。
go.shu.u.sho.ku.o.me.de.to.o.
go.za.i.ma.su
恭喜你就職。

4 退院おめでとうございます。
ta.i.i.n.o.me.de.to.o.go.za.i.ma.su
恭喜你出院。

5 ご成人おめでとうございます。
go.se.i.ji.n.o.me.de.to.o.go.za.i.ma.su
恭喜你成年。

6 ご結婚おめでとうございます。
go.ke.k.ko.n.o.me.de.to.o.go.za.i.ma.su
新婚愉快。

7 お誕生日おめでとうございます。
o.ta.n.jo.o.bi.o.me.de.to.o.go.za.i.ma.su
生日快樂。

8 メリークリスマス。
me.ri.i.ku.ri.su.ma.su
聖誕快樂。

9 お父さん／お母さん、いつも
ありがとう。
o.to.o.sa.n／o.ka.sa.n、i.tsu.mo.
a.ri.ga.to.o
父親節／母親節
快樂。

新年祝賀語

1 謹賀新年。
きんがしんねん
ki.n.ga.shi.n.ne.n

新年快樂。（書面用語）

2 昨年はお世話になりました。
さくねん　　おせわ
sa.ku.ne.n.wa.o.se.wa.ni.na.ri.ma.shi.ta

去年謝謝你的關照。

3 良い年になりますように。
よ　とし
yo.i.to.shi.ni.na.ri.ma.su.yo.o.ni

祝你今年事事如意。

會話

明けましておめでとう
あ
ございます。
a.ke.ma.shi.te.o.me.de.to.o.
go.za.i.ma.su

新年快樂。

今年もよろしくお願いします。
ことし　　　　　　　　　ねが
ko.to.shi.mo.yo.ro.shi.ku.
o.ne.ga.i.shi.ma.su

今年還請多多關照。

こちらこそどうぞよろしく
お願いします。
ねが
ko.chi.ra.ko.so.do.o.zo.
yo.ro.shi.ku.o.ne.ga.i.shi.ma.su

哪裡哪裡。我也要請你多多關照。

本当に
すみません。

感謝・道歉

🎋 日常感謝語

1 どうもありがとうございました。非常謝謝你。
do.o.mo.a.ri.ga.to.o.go.za.i.ma.shi.ta

會話

🐵 ありがとうございます。　　謝謝你。
a.ri.ga.to.o.go.za.i.ma.su

🐵 どういたしまして。　　　　不客氣。
do.o.i.ta.shi.ma.shi.te

🎋 接受別人幫忙時

1 お世話になりました。　　　謝謝你的關照。
　　せ　わ
o.se.wa.ni.na.ri.ma.shi.ta

2 お手数をおかけしました。　真是麻煩您了。
　　て すう
o.te.su.u.o.o.ka.ke.shi.ma.shi.ta

3 ご親切にありがとうございます。多謝你的好意。
　　しんせつ
go.shi.n.se.tsu.ni.a.ri.ga.to.o.go.za.i.ma.su

會話❶

🐵 本当に助かりました。　　你真的幫了我一
　　ほんとう　たす　　　　　個大忙。
ho.n.to.o.ni.ta.su.ka.ri.ma.shi.ta

🐵 いえいえ。いつでもどうぞ。哪裡。（有問題）
i.e.i.e. i.tsu.de.mo.do.o.zo　　隨時都歡迎。

いろいろとお世話になりました。 承蒙您多方關照。
i.ro.i.ro.to.o.se.wa.ni.na.ri.ma.shi.ta

こちらこそ。　　　　　　　哪裡，彼此彼此。
ko.chi.ra.ko.so

道歉與回應

* 道歉

1 すみません。　　　　　　　不好意思。
su.mi.ma.se.n

2 ごめんなさい。　　　　　　對不起。
go.me.n.na.sa.i

3 失礼しました。　　　　　　抱歉。
shi.tsu.re.i.shi.ma.shi.ta

4 ご面倒をおかけしました。　真是麻煩您了。
go.me.n.do.o.o.o.ka.ke.shi.ma.shi.ta

5 本当にもうしわけありません。 非常對不起。
ho.n.to.o.ni.mo.o.shi.wa.ke.a.ri.ma.se.n

* 回應

1 ご心配なく。　　　　　　　不用擔心。
go.shi.n.pa.i.na.ku

2 どうぞお気になさらずに。　請不要放在心上。
do.o.zo.o.ki.ni.na.sa.ra.zu.ni

3 どうぞご心配なさらずに。　請你不用擔心。
do.o.zo.go.shi.n.pa.i.na.sa.ra.zu.ni

🌿 讓別人久等時

會話 ❶

😊 お待たせしました。
o.ma.ta.se.shi.ma.shi.ta

讓你久等了。

🐵 いえ、私もさっき着いた
ばかりです。
i.e、wa.ta.shi.mo.sa.k.ki.
tsu.i.ta.ba.ka.ri.de.su

沒關係，我也剛到而已。

會話 ❷

😊 待ちましたか。
ma.chi.ma.shi.ta.ka

等很久了嗎？

🐵 いえ、今来たばかりです
i.e、i.ma.ki.ta.ba.ka.ri.de.su

沒有，我剛到而已。

會話 ❸

😊 すみません、遅くなりました。
su.mi.ma.se.n、o.so.ku.na.ri.ma.shi.ta

對不起，我遲到了。

🐵 いいえ。
i.i.e

沒關係。

待ちましたか。

いえ、今来た
ばかりです。

お願いしても
いいですか。

005

拜託

麻煩別人

會話 ①

😺 お手数かけますが、よろし
くおねがいします。
o.te.su.u.ka.ke.ma.su.ga、
yo.ro.shi.ku.o.ne.ga.i.shi.ma.su

拜託，麻煩您了。

🐵 まかせてください。
ma.ka.se.te.ku.da.sa.i

包在我身上。

會話 ②

😺 お願いしてもいいですか。
o.ne.ga.i.shi.te.mo.i.i.de.su.ka

可以拜託你一下
嗎？

🐵 いいですよ。
i.i.de.su.yo

可以啊！

會話 ③

😺 ちょっとお邪魔してもいい
ですか？
cho.t.to.o.ja.ma.shi.te.mo.i.i.
de.su.ka

可以打擾一下嗎？

🐵 どうぞ。
do.o.zo

請進。

手伝っていただけませんか。
te.tsu.da.t.te.i.ta.da.ke.ma.se.n.ka

可以請你幫一下忙嗎？

よろこんで。
yo.ro.ko.n.de

我很樂意。

請別人等一下時

1 ちょっと待ってください。
cho.t.to.ma.t.te.ku.da.sa.i

請等一下。

2 少々お待ちください。
sho.o.sho.o.o.ma.chi.ku.da.sa.i

請稍等一下。

＊這句通常用在對客人或電話接待時，
聽起來比較有禮貌。

3 しばらく待っていただけますか。
shi.ba.ra.ku.ma.t.te.i.ta.da.ke.ma.su.ka

能不能請你稍待片刻。

4 もう二三分待っていただけますか。
mo.o.ni.sa.n.pu.n.ma.t.te.
i.ta.da.ke.ma.su.ka

能不能請你再稍等兩、三分鐘？

5 三十分遅くなります。
sa.n.ju.p.pu.n.o.so.ku.na.ri.ma.su

我會晚到三十分鐘。

予約してあります。

少々お待ちください。

❀ beauty ❀

Hair Salon

道に迷った！

問路

🌱 問路

1 すみません、お尋ねします。
su.mi.ma.se.n. o.ta.zu.ne.shi.ma.su

對不起，請問一下。

2 東京タワーは東京駅の近くですか。
to.o.kyo.o.ta.wa.a.wa.
to.o.kyo.o.e.ki.no.chi.ka.ku.de.su.ka

東京鐵塔在東京車站的附近嗎？

3 ここからどのくらいの距離ですか。
ko.ko.ka.ra.do.no.ku.ra.i.no.kyo.ri.de.su.ka

從這裡到那裡有多遠？

4 歩いてどのくらいかかりますか。
a.ru.i.te.do.no.ku.ra.i.ka.ka.ri.ma.su.ka

走路要花多久時間呢？

5 池袋への行き方を教えてください。
i.ke.bu.ku.ro.e.no.i.ki.ka.ta.o.o.
shi.e.te.ku.da.sa.i

請告訴我怎麼到池袋。

6 地図を書いていただけませんか。
chi.zu.o.ka.i.te.i.ta.da.ke.ma.se.n.ka

可以幫我畫一下地圖嗎？

7 この近くに地下鉄の駅はありますか。
ko.no.chi.ka.ku.ni.chi.ka.te.tsu.no.
e.ki.wa.a.ri.ma.su.ka

這附近有沒有地下鐵的車站？

8 銀座へはどちらの道ですか。
gi.n.za.e.wa.do.chi.ra.no.mi.chi.
de.su.ka

到銀座該走哪一條路呢？

9 道に迷いました。
mi.chi.ni.ma.yo.i.ma.shi.ta

我迷路了。

彼女の名前を
覚えています。

答覆

肯定的回答

1 はい。
ha.i

是的。

2 分かりました。
wa.ka.ri.ma.shi.ta

我懂了、我知道了。

3 分かっています。
wa.ka.t.te.i.ma.su

我知道。

4 はい、そう思います。
ha.i、so.o.o.mo.i.ma.su

我也這麼覺得。

5 知っています。
shi.t.te.i.ma.su

我知道。

6 覚えています。
o.bo.e.te.i.ma.su

我記得。

7 その通りです。
so.no.to.o.ri.de.su

沒錯。

8 それは確かです。
so.re.wa.ta.shi.ka.de.su

確實如此。

9 そうです。
so.o.de.su

對的。

10 間違いないです。
ma.chi.ga.i.na.i.de.su

沒有錯。

🌾 否定的回答

1 いいえ。
i.i.e

不是。

2 分(わ)かりません。
wa.ka.ri.ma.se.n

我不懂、我不知道。

3 まだはっきり分(わ)かりません。
ma.da.ha.k.ki.ri.wa.ka.ri.ma.se.n

我還不清楚。

4 そうは思(おも)いません。
so.o.wa.o.mo.i.ma.se.n

我不這麼覺得。

5 それは知(し)りませんでした。
so.re.wa.shi.ri.ma.se.n.de.shi.ta

這我就不知道了。

6 よく覚(おぼ)えていません。
yo.ku.o.bo.e.te.i.ma.se.n

我不太記得。

7 違(ちが)います。
chi.ga.i.ma.su

不對。

8 いいえ、そうではありません。
i.i.e、so.o.de.wa.a.ri.ma.se.n

不、不是這樣的。

9 誤解(ごかい)しないでください。
go.ka.i.shi.na.i.de.ku.da.sa.i

請不要誤會。

どういう意味
ですか？

🔊 008

語言不通

🌱 聽不懂日語時

1 すみません、聞き取れませんでした。
su.mi.ma.se.n、ki.ki.to.re.ma.se.n.de.shi.ta

對不起，我聽不懂。

2 もう一度お願いします。
mo.o.i.chi.do.o.ne.ga.i.shi.ma.su

麻煩你再說一次。

3 もう少しゆっくり話していただけますか。
mo.o.su.ko.shi.yu.k.ku.ri.ha.na.shi.te.i.ta.da.ke.ma.su.ka

請你說慢一點好嗎？

4 英語でお願いします。
e.i.go.de.o.ne.ga.i.shi.ma.su

麻煩你用英文說。

5 どういう意味ですか。
do.o.i.u.i.mi.de.su.ka

什麼意思？

6 ここに書いていただけますか。
ko.ko.ni.ka.i.te.i.ta.da.ke.ma.su.ka

可以幫我寫在這嗎？

🌱 告訴對方自己不會日語

1 日本語はあまり話せません。
ni.ho.n.go.wa.a.ma.ri.ha.na.se.ma.se.n

我不太會講日語。

2 まったくできません。
ma.t.ta.ku.de.ki.ma.se.n

我完全不會。

└─🍌加上程度副詞，可以讓對方更了解你的理解狀況喔！

肯定說法	＊ **よく**分かります。 yo.ku.wa.ka.ri.ma.su	我非常了解。
	＊ **だいたい**分かります。 da.i.ta.i.wa.ka.ri.ma.su	我大概知道。
	＊ **少し**分かります。 su.ko.shi.wa.ka.ri.ma.su	我稍微知道。
否定說法	**あまり**分かりません。 a.ma.ri.wa.ka.ri.ma.se.n	我不太知道。
	＊ **ぜんぜん**分かりません。 ze.n.ze.n.wa.ka.ri.ma.se.n	我完全不知道。

残念ですが、
できません。

婉拒

🔊 009

🎋 拒絕

1 いいえ、結構です。
i.i.e、ke.k.ko.o.de.su

不用了。

2 必要ありません。
hi.tsu.yo.o.a.ri.ma.se.n

我不需要。

3 残念ですが、できません。
za.n.ne.n.de.su.ga、de.ki.ma.se.n

抱歉，我不會。

4 それは無理です。
so.re.wa.mu.ri.de.su

那我做不到。

5 それはいりません。
so.re.wa.i.ri.ma.se.n

那不需要。

わたしの名前
は恵です。

自我介紹

🌿 初次見面的會話・了解對方

會話 ①

🐵 お名前を教えていただけますか。
o.na.ma.e.o.o.shi.e.te.
i.ta.da.ke.ma.su.ka

可以請教你的大名嗎？

🐵 わたしの名前は恵です。
wa.ta.shi.no.na.ma.e.wa.
me.gu.mi.de.su

我的名字叫惠。

會話 ②

🐵 どこから来ましたか。
do.ko.ka.ra.ki.ma.shi.ta.ka

你從哪裡來的？

🐵 台湾から来ました。
ta.i.wa.n.ka.ra.ki.ma.shi.ta

我從台灣來的。

會話 ③

🐵 どのくらい日本に住んで
いますか。
do.no.ku.ra.i.ni.ho.n.ni.su.n.de.
i.ma.su.ka

你在日本住多久
了？

🐵 一年半です。
i.chi.ne.n.ha.n.de.su

一年半。

● どうして日本に来たのですか。　你為什麼來日本
do.o.shi.te.ni.ho.n.ni.ki.ta.no.de.su.ka　呢？

● 日本語を勉強するために　我是來學日語的。
来ました。
ni.ho.n.go.o.be.n.kyo.o.su.ru.
ta.me.ni.ki.ma.shi.ta

↳ 🍌 你也可以這樣回答：

＊ 観光です。　我是來觀光的。
ka.n.ko.o.de.su

＊ 出張です。　我是來出差的。
shu.c.cho.o.de.su

● どこで勉強していますか。　你在哪裡唸書？
do.ko.de.be.n.kyo.o.shi.te.
i.ma.su.ka

● 京都大学で勉強しています。　我在京都大學唸
kyo.o.to.da.i.ga.ku.de.　書。
be.n.kyo.o.shi.te.i.ma.su

● お仕事は何ですか。　你在做什麼工作？
o.shi.go.to.wa.na.n.de.su.ka

● 通訳をしています。　我在做口譯。
tsu.u.ya.ku.o.shi.te.i.ma.su

會話 7

どこに住んでいますか。
do.ko.ni.su.n.de.i.ma.su.ka

你住在哪裡？

福岡に住んでいます。
fu.ku.o.ka.ni.su.n.de.i.ma.su

我住在福岡。

會話 8

映画は好きですか。
e.i.ga.wa.su.ki.de.su.ka

你喜歡看電影嗎？

とても好きです。
to.te.mo.su.ki.de.su

非常喜歡。

會話 9

趣味は何ですか。
shu.mi.wa.na.n.de.su.ka

你的興趣是什麼？

私の趣味はピアノです。
wa.ta.shi.no.shu.mi.wa.pi.a.no.de.su

我的興趣是鋼琴。

あの人は
誰ですか。

詢問

針對語言詢問時

1 この字はどう読みますか。
ko.no.ji.wa.do.o.yo.mi.ma.su.ka

這個字怎麼唸？

2 この言葉の意味は何ですか。
ko.no.ko.to.ba.no.i.mi.wa.na.n.de.su.ka

這個字的意思是
什麼？

3 これを日本語でなんと言いますか。
ko.re.o.ni.ho.n.go.de.na.n.to.i.i.ma.su.ka

這個，日文怎麼說？

詢問地點

1 ここはどこですか。
ko.ko.wa.do.ko.de.su.ka

這裡是哪裡？

2 トイレはどこですか。
to.i.re.wa.do.ko.de.su.ka

洗手間在哪裡？

詢問人

1 あの人は誰ですか。
a.no.hi.to.wa.da.re.de.su.ka

那個人是誰？

2 あの方はどなたですか。
a.no.ka.ta.wa.do.na.ta.de.su.ka

他是哪位？

詢問原因・理由

1 なぜですか。／ どうしてですか。
na.ze.de.su.ka／do.o.shi.te.de.su.ka

為什麼？

2 どうして火事が発生したのですか。
do.o.shi.te.ka.ji.ga.ha.s.se.i.shi.ta.no.
de.su.ka

為什麼會發生火
災？

3 原因はなんですか。
げんいん
ge.n.i.n.wa.na.n.de.su.ka

原因是什麼？

4 詳しく説明してください。
くわ　　　せつめい
ku.wa.shi.ku.se.tsu.me.i.shi.te.ku.da.sa.i

請你詳細說明。

5 理由を教えてください。
りゆう　　おし
ri.yu.u.o.o.shi.e.te.ku.da.sa.i

請你告訴我理由。

會話 1

🐵 なにがあったのですか。
na.ni.ga.a.t.ta.no.de.su.ka

發生了什麼事？

🐵 交通事故がありました。
こうつう　じ　こ
ko.o.tsu.u.ji.ko.ga.a.ri.ma.shi.ta

出車禍了。

會話 2

🐵 どうしましたか。
do.o.shi.ma.shi.ta.ka

怎麼了？

🐵 トイレの水が流れないのです。
みず　 なが
to.i.re.no.mi.zu.ga.
na.ga.re.na.i.no.de.su

廁所的水流不出來。

會話 3

🐵 今日はこの道は通れません。
きょう　　　　みち　とお
kyo.o.wa.ko.no.mi.chi.wa.to.o.re.ma.se.n

今天這條路不能走。

🐵 なんのためですか。
na.n.no.ta.me.de.su.ka

為什麼？

🐵 マラソン大会があるからです。
たいかい
ma.ra.so.n.ta.i.ka.i.ga.a.ru.ka.ra.de.su

因為有馬拉松比賽。

1 これでいいですか。
ko.re.de.i.i.de.su.ka

這樣可以嗎？

2 写真を撮ってもいいですか。
しゃしん　と
sha.shi.n.o.to.t.te.mo.i.i.de.su.ka

可以拍照嗎？

3 たばこをすってもいいですか。
ta.ba.ko.o.su.t.te.mo.i.i.de.su.ka

可以抽菸嗎？

4 ちょっと見せてもらってもいい
ですか。
み
cho.t.to.mi.se.te.mo.ra.t.te.mo.i.i.de.su.ka

可以讓我看一下
嗎？

5 ここに座ってもいいですか。
すわ
ko.ko.ni.su.wa.t.te.mo.i.i.de.su.ka

我可以坐這裡嗎？

6 ちょっとお願いしてもいいですか。
ねが
cho.t.to.o.ne.ga.i.shi.te.mo.i.i.de.su.ka

可以麻煩你一下
嗎？

7 試着してもいいですか。
しちゃく
shi.cha.ku.shi.te.mo.i.i.de.su.ka

可以試穿嗎？

8 試食してもいいですか。
ししょく
shi.sho.ku.shi.te.mo.i.i.de.su.ka

可以試吃嗎？

單字入門通

代名詞

🌿 你我他

1 わたし
wa.ta.shi
我

2 わたしたち
wa.ta.shi.ta.chi
我們

3 あなた
a.na.ta
你

4 あなたたち（あなたがた）
a.na.ta.ta.chi（a.na.ta.ga.ta）
你們

5 かのじょ
ka.no.jo
她

6 かれ
ka.re
他

7 かれら／かのじょら
ka.re.ra／ka.no.jo.ra
他們／她們

8 これ／それ、あれ
ko.re／so.re、a.re
這個／那個

9 これら／それら、あれら
ko.re.ra／so.re.ra、a.re.ra
這些／那些

10 この／その、あの（＋名詞）
ko.no／so.no、a.no
這／那

11 わたしの
wa.ta.shi.no
我的

12 あなたの
a.na.ta.no
你的

みんな家族ですよ！

家庭成員

<ruby>父<rt>ちち</rt></ruby>／お<ruby>父<rt>とう</rt></ruby>さん chi.chi／o.to.o.sa.n 父親	<ruby>母<rt>はは</rt></ruby>／お<ruby>母<rt>かあ</rt></ruby>さん ha.ha／o.ka.a.sa.n 母親	<ruby>兄<rt>あに</rt></ruby>／お<ruby>兄<rt>にい</rt></ruby>さん a.ni／o.ni.i.sa.n 哥哥	<ruby>姉<rt>あね</rt></ruby>／お<ruby>姉<rt>ねえ</rt></ruby>さん a.ne／o.ne.e.sa.n 姊姊
<ruby>弟<rt>おとうと</rt></ruby>／<ruby>弟<rt>おとうと</rt></ruby>さん o.to.o.to／o.to.o.to.sa.n 弟弟	<ruby>妹<rt>いもうと</rt></ruby>／<ruby>妹<rt>いもうと</rt></ruby>さん i.mo.o.to／i.mo.o.to.sa.n 妹妹	<ruby>祖父<rt>そふ</rt></ruby>／お<ruby>祖父<rt>じい</rt></ruby>さん so.fu／o.ji.i.sa.n 祖父、外公	<ruby>祖母<rt>そぼ</rt></ruby>／お<ruby>祖母<rt>ばあ</rt></ruby>さん so.bo／o.ba.a.sa.n 祖母、外婆
おじ／おじさん o.ji／o.ji.sa.n 叔叔・伯伯	おば／おばさん o.ba／o.ba.sa.n 姑姑・阿姨	いとこ i.to.ko 堂兄弟姊妹	<ruby>奥<rt>おく</rt></ruby>さま o.ku.sa.ma 夫人
ご<ruby>主人<rt>しゅじん</rt></ruby> go.shu.ji.n 您先生	<ruby>息子<rt>むすこ</rt></ruby>／<ruby>息子<rt>むすこ</rt></ruby>さん mu.su.ko／mu.su.ko.sa.n 兒子・令郎	<ruby>娘<rt>むすめ</rt></ruby>／<ruby>娘<rt>むすめ</rt></ruby>さん mu.su.me／mu.su.me.sa.n 女兒・令嬡	お<ruby>子様<rt>こさま</rt></ruby> o.ko.sa.ma 您的小孩

すみません、
遅くなりました。

形容詞

反義詞

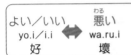

よい／いい	悪い
yo.i／i.i	わる wa.ru.i
好	壊

ふと 太い	ほそ 細い
fu.to.i	ho.so.i
粗、胖	細、瘦

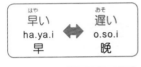

はや 早い	おそ 遅い
ha.ya.i	o.so.i
早	晚

あつ 厚い	うす 薄い
a.tsu.i	u.su.i
厚	薄

はや 速い	おそ 遅い
ha.ya.i	o.so.i
快	慢

なが 長い	みじか 短い
na.ga.i	mi.ji.ka.i
長	短

ひろい	せまい
hi.ro.i	se.ma.i
寬廣	狹窄

やわらかい	かたい
ya.wa.ra.ka.i	ka.ta.i
軟	硬

おお 大きい	ちい 小さい
o.o.ki.i	chi.i.sa.i
大	小

つよ 強い	よわ 弱い
tsu.yo.i	yo.wa.i
強	弱

おも 重い	かる 軽い
o.mo.i	ka.ru.i
重	輕

やさ 易しい	むずか 難しい
ya.sa.shi.i	mu.zu.ka.shi.i
容易	難

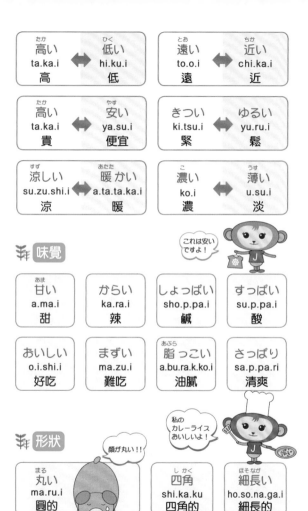

| 高い
ta.ka.i
高 | 低い
hi.ku.i
低 | 遠い
to.o.i
遠 | 近い
chi.ka.i
近 |

| 高い
ta.ka.i
貴 | 安い
ya.su.i
便宜 | きつい
ki.tsu.i
緊 | ゆるい
yu.ru.i
鬆 |

| 涼しい
su.zu.shi.i
涼 | 暖かい
a.ta.ta.ka.i
暖 | 濃い
ko.i
濃 | 薄い
u.su.i
淡 |

味覚

これは安い
ですよ！

| 甘い
a.ma.i
甜 | からい
ka.ra.i
辣 | しょっぱい
sho.p.pa.i
鹹 | すっぱい
su.p.pa.i
酸 |

| おいしい
o.i.shi.i
好吃 | まずい
ma.zu.i
難吃 | 脂っこい
a.bu.ra.k.ko.i
油膩 | さっぱり
sa.p.pa.ri
清爽 |

形状

顔が丸い！！

私の
カレーライス
おいしいよ！

| 丸い
ma.ru.i
圓的 | 四角
shi.ka.ku
四角的 | 細長い
ho.so.na.ga.i
細長的 |

二千円なくしました。

數字

ゼロ／れい **0／零** ze.ro／re.i 零	いち **一** i.chi 一	に **二** ni 二	さん **三** sa.n 三
し／よん **四** shi.／yo.n 四	ご **五** go 五	ろく **六** ro.ku 六	しち／なな **七** shi.chi／na.na 七
はち **八** ha.chi 八	きゅう／く **九** kyu.u／ku 九	じゅう **十** ju.u 十	じゅういち **十一** ju.u.i.chi 十一
じゅう に **十二** ju.u.ni 十二	じゅう さん **十三** ju.u.sa.n 十三	じゅうし／じゅうよん **十四** ju.u.shi／ju.u.yo.n 十四	じゅう ご **十五** ju.u.go 十五
じゅう ろく **十六** ju.u.ro.ku 十六	じゅうしち／じゅうなな **十七** ju.u.shi.chi／ju.u.na.na 十七	じゅう はち **十八** ju.u.ha.chi 十八	じゅうきゅう／じゅうく **十九** ju.u.kyu.u／ju.u.ku 十九
に じゅう **二十** ni.ju.u 二十	さん じゅう **三十** sa.n.ju.u 三十	よん じゅう **四十** yo.n.ju.u 四十	ご じゅう **五十** go.ju.u 五十
ろく じゅう **六十** ro.ku.ju.u 六十	なな じゅう **七十** na.na.ju.u 七十	はち じゅう **八十** ha.chi.ju.u 八十	きゅうじゅう **九十** kyu.u.ju.u 九十

ひゃく 百 hya.ku 一百	に ひゃく 二百 ni.hya.ku 兩百	さんびゃく 三百 sa.n.bya.ku 三百	よん ひゃく 四百 yo.n.hya.ku 四百
ご ひゃく 五百 go.hya.ku 五百	ろっ びゃく 六百 ro.p.pya.ku 六百	なな ひゃく 七百 na.na.hya.ku 七百	はっ ぴゃく 八百 ha.p.pya.ku 八百
きゅう ひゃく 九百 kyu.u.hya.ku 九百	せん 千 se.n 一千	に せん 二千 ni.se.n 二千	さん ぜん 三千 sa.n.ze.n 三千
よん せん 四千 yo.n.se.n 四千	ご せん 五千 go.se.n 五千	ろくせん 六千 ro.ku.se.n 六千	なな せん 七千 na.na.se.n 七千
はっ せん 八千 ha.s.se.n 八千	きゅう せん 九千 kyu.u.se.n 九千	いち まん 一万 i.chi.ma.n 一萬	じゅう まん 十万 ju.u.ma.n 十萬
ひゃく まん 百万 hya.ku.ma.n 一百萬	せん まん 千万 se.n.ma.n 一千萬	いち おく 一億 i.chi.o.ku 一億	

おにぎりを
十個もらったから
一緒に食べよう！

ありがとう！

おいしそう！

十二月
寒いですね！

時間

🌱 月份

1 何月ですか。
na.n.ga.tsu.de.su.ka

幾月？

1月 いち がつ 一月 i.chi.ga.tsu 一月	**2**月 に がつ 二月 ni.ga.tsu 二月
3月 さん がつ 三月 sa.n.ga.tsu 三月	**4**月 し がつ 四月 shi.ga.tsu 四月
5月 ご がつ 五月 go.ga.tsu 五月	**6**月 ろく がつ 六月 ro.ku.ga.tsu 六月
7月 しち がつ 七月 shi.chi.ga.tsu 七月	**8**月 はち がつ 八月 ha.chi.ga.tsu 八月
9月 く がつ 九月 ku.ga.tsu 九月	**10**月 じゅう がつ 十月 ju.u.ga.tsu 十月

じゅう いち がつ
11月 十一月
ju.u.i.chi.ga.tsu
十一月

じゅう に がつ
12月 十二月
ju.u.ni.ga.tsu
十二月

日期

なんにち
1 何日ですか。
na.n.ni.chi.de.su.ka

幾號？

ついたち
1日 一日
tsu.i.ta.chi
1號

ふつか
2日 二日
fu.tsu.ka
2號

みっか
3日 三日
mi.k.ka
3號

よっか
4日 四日
yo.k.ka
4號

いつか
5日 五日
i.tsu.ka
5號

むいか
6日 六日
mu.i.ka
6號

なのか
7日 七日
na.no.ka
7號

ようか
8日 八日
yo.o.ka
8號

ここのか
9日 九日
ko.ko.no.ka
9號

とおか
10日 十日
to.o.ka
10號

11日	じゅう いち にち 十一日 ju.u.i.chi.ni.chi 11號	**12**日	じゅう に にち 十二日 ju.u.ni.ni.chi 12號
13日	じゅう さん にち 十三日 ju.u.sa.n.ni.chi 13號	**14**日	じゅう よっ か 十四日 ju.u.yo.k.ka 14號
15日	じゅう ご にち 十五日 ju.u.go.ni.chi 15號	**16**日	じゅう ろく にち 十六日 ju.u.ro.ku.ni.chi 16號
17日	じゅう しち にち 十七日 ju.u.shi.chi.ni.chi 17號	**18**日	じゅう はち にち 十八日 ju.u.ha.chi.ni.chi 18號
19日	じゅう く にち 十九日 ju.u.ku.ni.chi 19號	**20**日	はつか 二十日 ha.tsu.ka 20號
21日	に じゅう いち にち 二十一日 ni.ju.u.i.chi.ni.chi 21號	**22**日	に じゅう に にち 二十二日 ni.ju.u.ni.ni.chi 22號
23日	に じゅう さん にち 二十三日 ni.ju.u.sa.n.ni.chi 23號	**24**日	に じゅう よっ か 二十四日 ni.ju.u.yo.k.ka 24號

にじゅうごにち
二十五日
ni.ju.u.go.ni.chi
25號

にじゅうろくにち
二十六日
ni.ju.u.ro.ku.ni.chi
26號

にじゅうしちにち
二十七日
ni.ju.u.shi.chi.ni.chi
27號

にじゅうはちにち
二十八日
ni.ju.u.ha.chi.ni.chi
28號

にじゅうくにち
二十九日
ni.ju.u.ku.ni.chi
29號

さんじゅうにち
三十日
sa.n.ju.u.ni.chi
30號

さんじゅういちにち
三十一日
sa.n.ju.u.i.chi.ni.chi
31號

23日です。

今日は何日ですか？

星期幾？

✚ 星期

なんようび
1 何曜日ですか。
na.n.yo.o.bi.de.su.ka

にちようび
日曜日
ni.chi.yo.o.bi
星期日

げつようび
月曜日
ge.tsu.yo.o.bi
星期一

かようび
火曜日
ka.yo.o.bi
星期二

すいようび
水曜日
su.i.yo.o.bi
星期三

木曜日
mo.ku.yo.o.bi
星期四

金曜日
ki.n.yo.o.bi
星期五

土曜日
do.yo.o.bi
星期六

日曜日にバスケットボールをしようか。

🔊017

🌱 點鐘

1 何時ですか。
na.n.ji.de.su.ka

幾點？

`00:□□`	零時 re.i.ji 午夜十二點	`01:□□`	一時 i.chi.ji 一點
`02:□□`	二時 ni.ji 兩點	`03:□□`	三時 sa.n.ji 三點
`04:□□`	四時 yo.ji 四點	`05:□□`	五時 go.ji 五點
`06:□□`	六時 ro.ku.ji 六點	`07:□□`	七時 shi.chi.ji 七點

`08:00` 八時 はち じ ha.chi.ji 八點	`09:00` 九時 く じ ku.ji 九點
`10:00` 十時 じゅう じ ju.u.ji 十點	`11:00` 十一時 じゅう いち じ ju.u.i.chi.ji 十一點

`12:00` 十二時 じゅう に じ ju.u.ni.ji 十二點	十二時です。 今何時 ですか？ 幾分？

分

1 何分ですか。
なんぷん
na.n.pu.n.de.su.ka

`00:01` 一分 いっ ぷん i.p.pu.n 一分	`00:02` 二分 に ふん ni.fu.n 兩分
`00:03` 三分 さん ぷん sa.n.pu.n 三分	`00:04` 四分 よん ぷん yo.n.pu.n 四分
`00:05` 五分 ご ふん go.fu.n 五分	`00:06` 六分 ろっ ぷん ro.p.pu.n 六分

なな ふん
七分
na.na.fu.n
七分

はっ ぷん
八分
ha.p.pu.n
八分

きゅう ふん
九分
kyu.u.fu.n
九分

じゅっぷん／じっぷん
十分
ju.p.pu.n／ji.p.pu.n
十分

じゅう ご ふん
十五分
ju.u.go.fu.n
十五分

にじゅっぷん／にじっぷん
二十分
ni.ju.p.pu.n／
ni.ji.p.pu.n
二十分

さんじゅっぷん／さんじっぷん
三十分
sa.n.ju.p.pu.n／
sa.n.ji.p.pu.n
三十分

すみません、
遅くなった！

 秒

1 ～秒
〜byo.o

～秒

2 何秒
na.n.byo.o

幾秒

 時數

いち じ かん
一時間
i.chi.ji.ka.n
一小時

に じ かん
二時間
ni.ji.ka.n
兩小時

さん　じ　かん
三時間
sa.n.ji.ka.n
三小時

よ　じ　かん
四時間
yo.ji.ka.n
四小時

ご　じ　かん
五時間
go.ji.ka.n
五小時

ろく　じ　かん
六時間
ro.ku.ji.ka.n
六小時

しち　じ　かん
七時間
shi.chi.ji.ka.n
七小時

はち　じ　かん
八時間
ha.chi.ji.ka.n
八小時

く　じ　かん
九時間
ku.ji.ka.n
九小時

じゅう　じ　かん
十時間
ju.u.ji.ka.n
十小時

なん　じ　かん
何時間
na.n.ji.ka.n
幾個小時

はん
半
ha.n
半（小時）

🌱 其他時間說法

いま 今 i.ma 現在	あと 後 a.to 以後	まえ 前 ma.e 以前	きょう 今日 kyo.o 今天
きのう 昨日 ki.no.o 昨天	おととい o.to.to.i 前天	あした 明日 a.shi.ta 明天	あさって 明後日 a.sa.t.te 後天
こんしゅう 今週 ko.n.shu.u 本週	せんしゅう 先週 se.n.shu.u 上週	らいしゅう 来週 ra.i.shu.u 下週	しゅうまつ 週末 shu.u.ma.tsu 週末
こんげつ 今月 ko.n.ge.tsu 本月	せんげつ 先月 se.n.ge.tsu 上個月	らいげつ 来月 ra.i.ge.tsu 下個月	さらいげつ 再来月 sa.ra.i.ge.tsu 下下個月
ことし 今年 ko.to.shi 今年	きょねん 去年 kyo.ne.n 去年	おととし 一昨年 o.to.to.shi 前年	らいねん 来年 ra.i.ne.n 明年
さらいねん 再来年 sa.ra.i.ne.n 後年	あさ 朝 a.sa 早晨	ごぜん 午前 go.ze.n 上午	しょうご 正午 sho.o.go 中午
ごご 午後 go.go 下午	ゆうがた 夕方 yu.u.ga.ta 傍晚	よる 夜 yo.ru 晚上	よなか 夜中 yo.na.ka 半夜

今日は
敬老の日です。

節日・季節

🌾 日本國定假日

国民の休日
ko.ku.mi.n.no.kyu.u.ji.tsu
國民休假日

元日
ga.n.ji.tsu
元旦（1.1）

成人の日
se.i.ji.n.no.hi
成人日（1月第2個星期一）

建国記念日
ke.n.ko.ku.ki.ne.n.bi
開國紀念日（2.11）

春分の日
shu.n.bu.n.no.hi
春分（3.21左右）

昭和の日
sho.o.wa.no.hi
昭和天皇誕辰（4.29）

憲法記念日
ke.n.po.o.ki.ne.n.bi
憲法紀念日（5.3）

みどりの日
mi.do.ri.no.hi
綠之節（5.4）

ゴールデンウィーク
go.o.ru.de.n.u.i.i.ku
黃金週 ＊

こどもの日
ko.do.mo.no.hi
兒童節（5.5）

＊ 每年 4 月底至 5 月初的連續假期

海の日
u.mi.no.hi

海之節（7月第3個星期一）

敬老の日
ke.i.ro.o.no.hi

敬老節（9月第3個星期一）

秋分の日
shu.u.bu.n.no.hi

秋分（9.23左右）

体育の日
ta.i.i.ku.no.hi

體育節（10月第2個星期一）

文化の日
bu.n.ka.no.hi

文化節（11.3）

勤労感謝の日
ki.n.ro.o.ka.n.sha.no.hi

勞動節（11.23）

天皇誕生日
te.n.no.o.ta.n.jo.o.bi

天皇誕辰（12.23）

振り替え休日
fu.ri.ka.e.kyu.u.ji.tsu

補假

🌱 季節

春
ha.ru

春

夏
na.tsu

夏

秋
a.ki

秋

冬
fu.yu

冬

🌱 單字充電站

春天

はる 春うらら ha.ru.u.ra.ra **風和日麗**	はるいちばん 春一番 ha.ru.i.chi.ba.n **2至3月，從南方吹來的第一道風。**

夏天

もうしょ 猛暑 mo.o.sho **酷熱 ＊**	あさやけ 朝焼 a.sa.ya.ke **朝霞**	しょカ 初夏 sho.ka **初夏**	えんてんカ 炎天下 e.n.te.n.ka **烈日當頭**

＊ 新聞用語，指攝氏溫度超過 35 度以上的天氣。

秋天

あき ば 秋晴れ a.ki.ba.re **秋高氣爽**	どくしょ あき 読書の秋 do.ku.sho.no.a.ki **讀書之秋**	しょくよく あき 食欲の秋 sho.ku.yo.ku.no.a.ki **食欲之秋**

あき スポーツの秋 su.po.o.tsu.no.a.ki **運動之秋**	げいじゅつ あき 芸術の秋 ge.i.ju.tsu.no.a.ki **藝術之秋**

こ が 木枯らし ko.ga.ra.shi **秋風。秋末初冬颳的第一道風。**

さびしい...

あそこに
ポストが
あるよ！

方位

 位置

<ruby>上<rt>うえ</rt></ruby> u.e 上面	<ruby>下<rt>した</rt></ruby> shi.ta 下面	<ruby>真<rt>ま</rt></ruby>ん<ruby>中<rt>なか</rt></ruby> ma.n.na.ka 中央	<ruby>右<rt>みぎ</rt></ruby> mi.gi 右邊
<ruby>左<rt>ひだり</rt></ruby> hi.da.ri 左邊	<ruby>前<rt>まえ</rt></ruby> ma.e 前面	<ruby>後<rt>うし</rt></ruby>ろ u.shi.ro 後面、背後	<ruby>中<rt>なか</rt></ruby> na.ka 裡面、內部
<ruby>外<rt>そと</rt></ruby> so.to 外面	あそこ a.so.ko 那裡	ここ ko.ko 這裡	

すみません、
遅くなりました。

 方向

<ruby>東<rt>ひがし</rt></ruby> hi.ga.shi 東	<ruby>西<rt>にし</rt></ruby> ni.shi 西
<ruby>南<rt>みなみ</rt></ruby> mi.na.mi 南	<ruby>北<rt>きた</rt></ruby> ki.ta 北

顔色

1 何色が好きですか。
na.ni.i.ro.ga.su.ki.de.su.ka

你喜歡什麼顏色？

しろ
白
shi.ro
白色

くろ
黒
ku.ro
黑色

あか
赤
a.ka
紅色

あお
青
a.o
藍色

むらさき
紫
mu.ra.sa.ki
紫色

き いろ
黄色
ki.i.ro
黃色

ちゃ いろ
茶色
cha.i.ro
褐色

みず いろ
水色
mi.zu.i.ro
淺藍色

ピンク
pi.n.ku
粉紅色

あずき いろ
小豆色／ワインレッド
a.zu.ki.i.ro／wa.i.n.re.d.do
豆沙色、暗紅色、紅葡萄酒色

ベージュ
be.e.ju
米白色

オレンジ
o.re.n.ji
橘色

はい いろ
グレー／灰色
gu.re.e／ha.i.i.ro
灰色

きん いろ
金色
ki.n.i.ro
金色

ぎん いろ
銀色
gi.n.i.ro
銀色

わたしは
オレンジ色が
すきですよ！

ぼくは何番目
ですか？

📢 022

次序

 第幾個

1 一番目
いちばんめ
i.chi.ba.n.me
第一個

2 二番目
にばんめ
ni.ba.n.me
第二個

3 三番目
さんばんめ
sa.n.ba.n.me
第三個

4 四番目
よんばんめ
yo.n.ba.n.me
第四個

5 五番目
ごばんめ
go.ba.n.me
第五個

6 六番目
ろくばんめ
ro.ku.ba.n.me
第六個

7 七番目
ななばんめ
na.na.ba.n.me
第七個

8 八番目
はちばんめ
ha.chi.ba.n.me
第八個

9 九番目
きゅうばんめ
kyu.u.ba.n.me
第九個

10 十番目
じゅうばんめ
ju.u.ba.n.me
第十個

11 何番目
なんばんめ
na.n.ba.n.me
第幾個

射手座 ♐

生肖·地支·星座·血型

🌱 生肖·地支

1 干支はなんですか？
（え　と）
e.to.wa.na.n.de.su.ka

你生肖屬什麼呢?

2 酉です
（とり）
to.ri.de.su

我屬酉（雞）。

ねずみ　ね 鼠 · 子 ne.zu.mi · ne 鼠 · 子	うし　うし 牛 · 丑 u.shi · u.shi 牛 · 丑	とら　とら 虎 · 寅 to.ra · to.ra 虎 · 寅
うさぎ　う 兎 · 卯 u.sa.gi · u 兔 · 卯	たつ　たつ 竜 · 辰 ta.tsu · ta.tsu 龍 · 辰	へび　み 蛇 · 巳 he.bi · mi 蛇 · 巳
うま　うま 馬 · 午 u.ma · u.ma 馬 · 午	ひつじ　ひつじ 羊 · 未 hi.tsu.ji · hi.tsu.ji 羊 · 未	さる　さる 猿 · 申 sa.ru · sa.ru 猴 · 申
とり　とり 鶏 · 酉 to.ri · to.ri 雞 · 酉	いぬ　いぬ 犬 · 戌 i.nu · i.nu 狗 · 戌	いのしし　い 猪 · 亥 i.no.shi.shi · i 豬 · 亥

🌱 星座

1 星座は何座ですか？
（せいざ）（なにざ）
se.i.za.wa.na.ni.za.de.su.ka

你的星座是什麼呢？

2 おとめ座です。
（ざ）
o.to.me.za.de.su

我是處女座。

牡羊座
（お ひつじ ざ）
o.hi.tsu.ji.za
牡羊座

牡牛座
（お うし ざ）
o.u.shi.za
金牛座

双子座
（ふたご ざ）
fu.ta.go.za
雙子座

蟹座
（かに ざ）
ka.ni.za
巨蟹座

獅子座
（しし ざ）
shi.shi.za
獅子座

乙女座
（おとめ ざ）
o.to.me.za
處女座

天秤座
（てん びん ざ）
te.n.bi.n.za
天秤座

蠍座
（さそり ざ）
sa.so.ri.za
天蠍座

射手座
（いて ざ）
i.te.za
射手座

山羊座
（や ぎ ざ）
ya.gi.za
山羊座（魔羯座）

みずがめざ
水瓶座
mi.zu.ga.me.za
水瓶座

うおざ
魚座
u.o.za
雙魚座

🌱 血型

1 血液型は何型ですか？
ke.tsu.e.ki.ga.ta.wa.na.ni.ga.ta.
de.su.ka

你的血型是什麼？

2 O型です。
o.o.ga.ta.de.su

我是O型。

A 型
e.i.ga.ta
A 型

B 型
bi.i.ga.ta
B 型

O 型
o.o.ga.ta
O 型

AB 型
e.i.bi.i.ga.ta
AB 型

B型です。

血液型は
何型ですか。

わたしは
五歳です。

PART 3

數量稱呼大不同

物品數量單位

雞蛋等小的東西

1 ~個
~こ
~ko

~個

2 何個ですか。
なんこ
na.n.ko.de.su.ka

幾個？

いっ こ 一個 i.k.ko 一個	に こ 二個 ni.ko 兩個	さん こ 三個 sa.n.ko 三個	よん こ 四個 yo.n.ko 四個
ご こ 五個 go.ko 五個	ろっ こ 六個 ro.k.ko 六個	なな こ 七個 na.na.ko 七個	はっ こ 八個 ha.k.ko 八個
きゅう こ 九個 kyu.u.ko 九個	じゅっこ 十個 ju.k.ko 十個		

おにぎりを
十個もらったから
一緒に食べよう！

おいしそう！

ありがとう！

1 いくつですか。 　　　　　　　　　幾個？
i.ku.tsu.de.su.ka

ひとつ hi.to.tsu 一個	ふたつ fu.ta.tsu 兩個	みっつ mi.t.tsu 三個	よっつ yo.t.tsu 四個	いつつ i.tsu.tsu 五個
むっつ mu.t.tsu 六個	ななつ na.na.tsu 七個	やっつ ya.t.tsu 八個	ここのつ ko.ko.no.tsu 九個	とお to.o 十個

人數

1 何人ですか。 　　　　　　　　　幾個人？
なんにん
na.n.ni.n.de.su.ka

ひとり 一人 hi.to.ri 一個人	ふたり 二人 fu.ta.ri 兩個人	さんにん 三人 sa.n.ni.n 三個人	よにん 四人 yo.ni.n 四個人	ごにん 五人 go.ni.n 五個人
ろくにん 六人 ro.ku.ni.n 六個人	ななにん 七人 na.na.ni.n 七個人	はちにん 八人 ha.chi.ni.n 八個人	きゅうにん 九人 kyu.u.ni.n 九個人	じゅうにん 十人 ju.u.ni.n 十個人
じゅういちにん 十一人 ju.u.i.chi.ni.n 十一個人	じゅうににん 十二人 ju.u.ni.ni.n 十二個人	にじゅうにん 二十人 ni.ju.u.ni.n 二十個人		

わたしは
いま一人で
家にいるよ。

1 何回ですか。　　　　　幾次？
なんかい
na.n.ka.i.de.su.ka

いっかい 一回 i.k.ka.i 一次	に かい 二回 ni.ka.i 兩次	さんかい 三回 sa.n.ka.i 三次	よんかい 四回 yo.n.ka.i 四次	ご かい 五回 go.ka.i 五次
ろっかい 六回 ro.k.ka.i 六次	ななかい 七回 na.na.ka.i 七次	はっかい 八回 ha.k.ka.i 八次	きゅう かい 九回 kyu.u.ka.i 九次	じゅっかい/じっかい 十回 ju.k.ka.i/ ji.k.ka.i 十次

1 どのぐらい台湾にいる予定ですか。　你預定在台灣待
たいわん　　　　よてい
do.no.gu.ra.i.ta.i.wa.n.ni.i.ru.yo.te.i.de.su.ka　多久？

いっ か げつ 一ケ月 i.k.ka.ge.tsu 一個月	に か げつ 二ケ月 ni.ka.ge.tsu 兩個月	さん か げつ 三ケ月 sa.n.ka.ge.tsu 三個月	よん か げつ 四ケ月 yo.n.ka.ge.tsu 四個月
ご か げつ 五ケ月 go.ka.ge.tsu 五個月	ろっ か げつ 六ケ月 ro.k.ka.ge.tsu 六個月	なな か げつ 七ケ月 na.na.ka.ge.tsu 七個月	はっ か げつ 八ケ月 ha.k.ka.ge.tsu 八個月
きゅう か げつ 九 ケ月 kyu.u.ka.ge.tsu 九個月	じゅっかげつ/じっかげつ 十ケ月 ju.k.ka.ge.tsu/ ji.k.ka.ge.tsu 十個月		

二ケ月ぐらい台湾に
いる予定です。

1 何週間ですか。　　　幾個禮拜
なんしゅうかん
na.n.shu.u.ka.n.de.su.ka

いっしゅうかん 一週間 i.s.shu.u.ka.n 一個禮拜	に しゅうかん 二週間 ni.shu.u.ka.n 兩個禮拜	さんしゅうかん 三週間 sa.n.shu.u.ka.n 三個禮拜
よんしゅうかん 四週間 yo.n.shu.u.ka.n 四個禮拜	ご しゅうかん 五週間 go.shu.u.ka.n 五個禮拜	ろくしゅうかん 六週間 ro.ku.shu.u.ka.n 六個禮拜
ななしゅうかん 七週間 na.na.shu.u.ka.n 七個禮拜	はっしゅうかん 八週間 ha.s.shu.u.ka.n 八個禮拜	きゅうしゅうかん 九週間 kyu.u.shu.u.ka.n 九個禮拜

じゅっしゅうかん／じっしゅうかん
十週間
ju.s.shu.u.ka.n／ji.s.shu.u.ka.n
十個禮拜

何週間
出かけますか？

三週間ぐらい
出かけます。

バナナ村

いくらかな？

金錢

1 いくらですか。 多少錢？
i.ku.ra.de.su.ka

_{いち えん} 一円 i.chi.e.n 一元	_{に えん} 二円 ni.e.n 兩元	_{さんえん} 三円 sa.n.e.n 三元	_{よ えん} 四円 yo.e.n 四元
_{ご えん} 五円 go.e.n 五元	_{ろくえん} 六円 ro.ku.e.n 六元	_{ななえん／しちえん} 七円 na.na.e.n／ shi.chi.e.n 七元	_{はちえん} 八円 ha.chi.e.n 八元
_{きゅう えん} 九円 kyu.u.e.n 九元	_{じゅう えん} 十円 ju.u.e.n 十元	_{ひゃくえん} 百円 hya.ku.e.n 一百元	_{に ひゃく えん} 二百円 ni.hya.ku.e.n 兩百元
_{さんびゃくえん} 三百円 sa.n.bya.ku.e.n 三百元	_{よんひゃくえん} 四百円 yo.n.hya.ku.e.n 四百元	_{ごひゃくえん} 五百円 go.hya.ku.e.n 五百元	_{ろっぴゃくえん} 六百円 ro.p.pya.ku.e.n 六百元
_{ななひゃくえん} 七百円 na.na.hya.ku.e.n 七百元	_{はっぴゃくえん} 八百円 ha.p.pya.ku.e.n 八百元	_{きゅうひゃくえん} 九百円 kyu.u.hya.ku.e.n 九百元	_{せんえん} 千円 se.n.e.n 一千元
_{に せんえん} 二千円 ni.se.n.e.n 兩千元	_{さんぜんえん} 三千円 sa.n.ze.n.e.n 三千元	_{よんせんえん} 四千円 yo.n.se.n.e.n 四千元	_{ごせんえん} 五千円 go.se.n.e.n 五千元

ろくせんえん 六千円 ro.ku.se.n.e.n 六千元	ななせんえん 七千円 na.na.se.n.e.n 七千元	はっせんえん 八千円 ha.s.se.n.e.n 八千元	きゅうせんえん 九千円 kyu.u.se.n.e.n 九千元

いちまんえん 一万円 i.chi.ma.n.e.n 一萬元	ごじゅうまんえん 五十万円 go.ju.u.ma.n.e.n 五十萬元	ひゃくまんえん 百万円 hya.ku.ma.n.e.n 一百萬元

¥10000

一万円を
落としちゃった！

樓層

1 何階ですか。 　　　　　　　　　幾樓？
na.n.ga.i.de.su.ka

いっかい 一階 i.k.ka.i 一樓	にかい 二階 ni.ka.i 二樓	さんがい 三階 sa.n.ga.i 三樓	よんかい 四階 yo.n.ka.i 四樓	ごかい 五階 go.ka.i 五樓

ろっかい 六階 ro.k.ka.i 六樓	ななかい 七階 na.na.ka.i 七樓	はちかい／はっかい 八階 ha.chi.ka.i／ ha.k.ka.i 八樓	きゅうかい 九階 kyu.u.ka.i 九樓	じゅっかい／じっかい 十階 ju.k.ka.i／ ji.k.ka.i 十樓

ちかいっかい 地下一階 chi.ka.i.k.ka.i 地下一樓	おくじょう 屋上 o.ku.jo.o 屋頂

十階に
住んでます。

何階に住んで
ますか？

分數

はんぶん
半分
ha.n.bu.n
一半、二分之一

に ぶん いち
二分の一
ni.bu.n.no.i.chi
二分之一

さんぶん いち
三分の一
sa.n.bu.n.no.i.chi
三分之一

よんぶん いち
四分の一
yo.n.bu.n.no.i.chi
四分之一

茶、咖啡等杯裝飲料或麵飯

なんばい
1 何杯ですか。   幾杯（碗）？
na.n.ba.i.de.su.ka

いっぱい 一杯 i.p.pa.i 一杯（碗）	に はい 二杯 ni.ha.i 兩杯（碗）	さんばい 三杯 sa.n.ba.i 三杯（碗）	よんはい 四杯 yo.n.ha.i 四杯（碗）	ご はい 五杯 go.ha.i 五杯（碗）
ろっぱい 六杯 ro.p.pa.i 六杯（碗）	ななはい 七杯 na.na.ha.i 七杯（碗）	はっぱい 八杯 ha.p.pa.i 八杯（碗）	きゅうはい 九杯 kyu.u.ha.i 九杯（碗）	じゅっぱい／じっぱい 十杯 ju.p.pa.i／ ji.p.pa.i 十杯（碗）

紙、衣服等扁薄的物品

1 何枚ですか。
na.n.ma.i.de.su.ka

幾張（件）？

いちまい 一枚 i.chi.ma.i 一張(件)	に まい 二枚 ni.ma.i 兩張(件)	さんまい 三枚 sa.n.ma.i 三張(件)	よんまい 四枚 yo.n.ma.i 四張(件)	ご まい 五枚 go.ma.i 五張(件)
ろくまい 六枚 ro.ku.ma.i 六張(件)	ななまい 七枚 na.na.ma.i 七張(件)	はちまい 八枚 ha.chi.ma.i 八張(件)	きゅうまい 九枚 kyu.u.ma.i 九張(件)	じゅうまい 十枚 ju.u.ma.i 十張(件)

筆、樹木、酒瓶或褲子等細長物

1 何本ですか。
na.n.bo.n.de.su.ka

幾枝（棵、瓶）？

いっぽん 一本 i.p.po.n 一枝(棵、瓶)	に ほん 二本 ni.ho.n 兩枝(棵、瓶)	さんぼん 三本 sa.n.bo.n 三枝(棵、瓶)	よんほん 四本 yo.n.ho.n 四枝(棵、瓶)
ご ほん 五本 go.ho.n 五枝(棵、瓶)	ろっぽん 六本 ro.p.po.n 六枝(棵、瓶)	ななほん 七本 na.na.ho.n 七枝(棵、瓶)	はっぽん 八本 ha.p.po.n 八枝(棵、瓶)
きゅうほん 九 本 kyu.u.ho.n 九枝(棵、瓶)	じゅっぽん／じっぽん 十本 ju.p.po.n／ ji.p.po.n 十枝(棵、瓶)		

お酒が六本
あるよ！

鞋子、襪子

1 何足ですか。
なんそく
na.n.so.ku.de.su.ka

幾雙?

いっそく 一足 i.s.so.ku **一雙**	に そく 二足 ni.so.ku **兩雙**	さんそく 三足 sa.n.so.ku **三雙**	よんそく 四足 yo.n.so.ku **四雙**	ご そく 五足 go.so.ku **五雙**
ろくそく 六足 ro.ku.so.ku **六雙**	ななそく 七足 na.na.so.ku **七雙**	はっそく 八足 ha.s.so.ku **八雙**	きゅうそく 九足 kyu.u.so.ku **九雙**	じゅっそく/じっそく 十足 ju.s.so.ku/ ji.s.so.ku **十雙**

衣服

1 何着ですか。
なんちゃく
na.n.cha.ku.de.su.ka

幾套?

いっちゃく 一着 i.t.cha.ku **一套**	に ちゃく 二着 ni.cha.ku **兩套**	さんちゃく 三着 sa.n.cha.ku **三套**	よんちゃく 四着 yo.n.cha.ku **四套**
ごちゃく 五着 go.cha.ku **五套**	ろくちゃく 六着 ro.ku.cha.ku **六套**	ななちゃく 七着 na.na.cha.ku **七套**	はっちゃく 八着 ha.t.cha.ku **八套**
きゅうちゃく 九着 kyu.u.cha.ku **九套**	じゅっちゃく/じっちゃく 十着 ju.t.cha.ku/ ji.t.cha.ku **十套**		

體重或物品重量

1 何キロですか。 幾公斤？
なん
na.n.ki.ro.de.su.ka

いち 一キロ i.chi.ki.ro 一公斤	に ニキロ ni.ki.ro 兩公斤	さん 三キロ sa.n.ki.ro 三公斤	よん 四キロ yo.n.ki.ro 四公斤	ご 五キロ go.ki.ro 五公斤
ろっ 六キロ ro.k.ki.ro 六公斤	なな 七キロ na.na.ki.ro 七公斤	はち 八キロ ha.chi.ki.ro 八公斤	きゅう 九キロ kyu.u.ki.ro 九公斤	じゅっ/じっ 十キロ ju.k.ki.ro/ ji.k.ki.ro 十公斤

餐點

1 何人前ですか。 幾人份？
なんにんまえ
na.n.ni.n.ma.e.de.su.ka

いちにんまえ 一人前 i.chi.ni.n.ma.e 一人份	に にんまえ 二人前 ni.ni.n.ma.e 兩人份	さんにんまえ 三人前 sa.n.ni.n.ma.e 三人份	よにんまえ 四人前 yo.ni.n.ma.e 四人份
ご にんまえ 五人前 go.ni.n.ma.e 五人份	ろく にんまえ 六人前 ro.ku.ni.n.ma.e 六人份	しちにんまえ 七人前 shi.chi.ni.n.ma.e 七人份	はちにんまえ 八人前 ha.chi.ni.n.ma.e 八人份
きゅうにんまえ 九人前 kyu.u.ni.n.ma.e 九人份	じゅうにんまえ 十人前 ju.u.ni.n.ma.e 十人份		

ご飯の時間よ！

打數

1 何ダースですか。
なん
na.n.da.a.su.de.su.ka

幾打？

いち 一ダース i.chi.da.a.su 一打	に 二ダース ni.da.a.su 兩打	さん 三ダース sa.n.da.a.su 三打	よん 四ダース yo.n.da.a.su 四打	ご 五ダース go.da.a.su 五打
ろく 六ダース ro.ku.da.a.su 六打	なな 七ダース na.na.da.a.su 七打	はち 八ダース ha.chi.da.a.su 八打	きゅう 九ダース kyu.u.da.a.su 九打	じゅう 十ダース ju.u.da.a.su 十打

成組成對的物品

1 何組ですか。
なんくみ
na.n.ku.mi.de.su.ka

幾組（對）？

ひとくみ 一組 hi.to.ku.mi 一組(對)	ふたくみ 二組 fu.ta.ku.mi 兩組(對)	さんくみ 三組 sa.n.ku.mi 三組(對)	よんくみ 四組 yo.n.ku.mi 四組(對)	ごくみ 五組 go.ku.mi 五組(對)
ろっくみ 六組 ro.k.ku.mi 六組(對)	しちくみ／ななくみ 七組 shi.chi.ku.mi／na.na.ku.mi 七組(對)	はちくみ 八組 ha.chi.ku.mi 八組(對)	きゅうくみ 九組 kyu.u.ku.mi 九組(對)	
じゅっくみ／じっくみ 十組 ju.k.ku.mi／ji.k.ku.mi 十組(對)				

わぁ～
うれしい！

一組のピアスを
買ってきた！

1 何錠ですか。 幾顆？
なんじょう
na.n.jo.o.de.su.ka

いちじょう 一錠 i.chi.jo.o 一顆	にじょう 二錠 ni.jo.o 兩顆	さんじょう 三錠 sa.n.jo.o 三顆	よんじょう 四錠 yo.n.jo.o 四顆	ごじょう 五錠 go.jo.o 五顆
ろくじょう 六錠 ro.ku.jo.o 六顆	ななじょう 七錠 na.na.jo.o 七顆	はちじょう 八錠 ha.chi.jo.o 八顆	きゅうじょう 九錠 kyu.u.jo.o 九顆	じゅうじょう 十錠 ju.u.jo.o 十顆

1 何粒ですか。 幾粒？
なんつぶ
na.n.tsu.bu.de.su.ka

ひとつぶ 一粒 hi.to.tsu.bu 一粒	ふたつぶ 二粒 fu.ta.tsu.bu 兩粒	さんつぶ 三粒 sa.n.tsu.bu 三粒	よんつぶ 四粒 yo.n.tsu.bu 四粒
ごつぶ 五粒 go.tsu.bu 五粒	ろくつぶ 六粒 ro.ku.tsu.bu 六粒	ななつぶ 七粒 na.na.tsu.bu 七粒	はっつぶ 八粒 ha.t.tsu.bu 八粒
きゅうつぶ 九粒 kyu.u.tsu.bu 九粒	じゅっつぶ 十粒 ju.t.tsu.bu 十粒		

くすり
何粒飲めば
いい？

1 何台ですか。　　　幾台？
na.n.da.i.de.su.ka

いちだい 一台 i.chi.da.i 一台	に だい 二台 ni.da.i 兩台	さんだい 三台 sa.n.da.i 三台	よんだい 四台 yo.n.da.i 四台	ごだい 五台 go.da.i 五台
ろくだい 六台 ro.ku.da.i 六台	ななだい 七台 na.na.da.i 七台	はちだい 八台 ha.chi.da.i 八台	きゅうだい 九台 kyu.u.da.i 九台	じゅうだい 十台 ju.u.da.i 十台

コンピューターを
三台持ってるよ！

1 何番ですか。　　　幾號？
na.n.ba.n.de.su.ka

いちばん 一番 i.chi.ba.n 一號	に ばん 二番 ni.ba.n 二號	さんばん 三番 sa.n.ba.n 三號	よんばん 四番 yo.n.ba.n 四號	ご ばん 五番 go.ba.n 五號
ろくばん 六番 ro.ku.ba.n 六號	ななばん 七番 na.na.ba.n 七號	はちばん 八番 ha.chi.ba.n 八號	きゅうばん 九番 kyu.u.ba.n 九號	じゅうばん 十番 ju.u.ba.n 十號

小動物、昆蟲，如貓、犬、蚊子等

なんびき
1 何匹いますか。 幾隻？
na.n.bi.ki.i.ma.su.ka

いっぴき 一匹 i.p.pi.ki 一隻	に ひき 二匹 ni.hi.ki 兩隻	さんびき 三匹 sa.n.bi.ki 三隻	よんひき 四匹 yo.n.hi.ki 四隻	ご ひき 五匹 go.hi.ki 五隻
ろっぴき 六匹 ro.p.pi.ki 六隻	ななひき 七匹 na.na.hi.ki 七隻	はっぴき 八匹 ha.p.pi.ki 八隻	きゅう ひき 九 匹 kyu.u.hi.ki 九隻	じゅっぴき/じっぴき 十匹 ju.p.pi.ki/ ji.p.pi.ki 十隻

大動物，如大象、老虎、牛、馬等

なんとう
1 何頭いますか。 幾頭？
na.n.to.o.i.ma.su.ka

いっとう 一頭 i.t.to.o 一頭	に とう 二頭 ni.to.o 兩頭	さんとう 三頭 sa.n.to.o 三頭	よんとう 四頭 yo.n.to.o 四頭	ご とう 五頭 go.to.o 五頭
ろくとう 六頭 ro.ku.to.o 六頭	ななとう 七頭 na.na.to.o 七頭	はっとう 八頭 ha.t.to.o 八頭	きゅうとう 九 頭 kyu.u.to.o 九頭	じゅっとう 十 頭 ju.t.to.o 十頭

象は何頭
いますか？

二頭
います。

🔊 030

1 何羽いますか。　　　　　幾隻？
na.n.wa.i.ma.su.ka

いちわ 一羽 i.chi.wa 一隻	にわ 二羽 ni.wa 兩隻	さんわ 三羽 sa.n.wa 三隻	よんわ 四羽 yo.n.wa 四隻	ごわ 五羽 go.wa 五隻
ろくわ 六羽 ro.ku.wa 六隻	しちわ/ななわ 七羽 shi.chi.wa/ na.na.wa 七隻	はちわ 八羽 ha.chi.wa 八隻	きゅうわ 九羽 kyu.u.wa 九隻	じゅうわ 十羽 ju.u.wa 十隻

年齢

1 いくつですか。　　　　　幾歲？
i.ku.tsu.de.su.ka

いっさい 一歳 i.s.sa.i 一歲	にさい 二歳 ni.sa.i 兩歲	さんさい 三歳 sa.n.sa.i 三歲	よんさい 四歳 yo.n.sa.i 四歲	ごさい 五歳 go.sa.i 五歲
ろくさい 六歳 ro.ku.sa.i 六歲	ななさい 七歳 na.na.sa.i 七歲	はっさい 八歳 ha.s.sa.i 八歲	きゅうさい 九歳 kyu.u.sa.i 九歲	じゅっさい/じっさい 十歳 ju.s.sa.i/ ji.s.sa.i 十歲

はたち 二十歳 ha.ta.chi 二十歲	ひゃくさい 百歳 hya.ku.sa.i 一百歲

わたしは五歳です。

ぼくは四歳です。

1 何冊ですか。 (なんさつ)
na.n.sa.tsu.de.su.ka

幾冊？

いっさつ 一冊 i.s.sa.tsu 一冊	に さつ 二冊 ni.sa.tsu 兩冊	さんさつ 三冊 sa.n.sa.tsu 三冊	よんさつ 四冊 yo.n.sa.tsu 四冊
ご さつ 五冊 go.sa.tsu 五冊	ろくさつ 六冊 ro.ku.sa.tsu 六冊	ななさつ 七冊 na.na.sa.tsu 七冊	はっさつ 八冊 ha.s.sa.tsu 八冊
きゅうさつ 九 冊 kyu.u.sa.tsu 九冊	じゅっさつ／じっさつ 十冊 ju.s.sa.tsu／ ji.s.sa.tsu 十冊		

もう5冊
読んだよ！

1 何巻ですか。 (なんかん)
na.n.ka.n.de.su.ka

幾本？

いっかん 一巻 i.k.ka.n 一本	に かん 二巻 ni.ka.n 兩本	さんかん 三巻 sa.n.ka.n 三本	よんかん 四巻 yo.n.ka.n 四本	ご かん 五巻 go.ka.n 五本
ろっかん 六巻 ro.k.ka.n 六本	ななかん 七巻 na.na.ka.n 七本	はっかん 八巻 ha.k.ka.n 八本	きゅうかん 九 巻 kyu.u.ka.n 九本	じゅっかん／じっかん 十巻 ju.k.ka.n／ ji.k.ka.n 十本

雨が降りそう、
はやく家に
帰らないと…

PART 4

旅遊日語開口說

部屋代は
いくらですか？

飯店

🌱 尋找飯店

1 いい 宿泊先 を教えていただけますか。
しゅくはくさき　　　　おし
i.i.shu.ku.ha.ku.sa.ki.o
o.shi.e.te.i.ta.da.ke.ma.su.ka

能告訴我哪裡有
不錯的投宿地方嗎？

2 この近くに ホテル はありますか。
ちか
ko.no.chi.ka.ku.ni.ho.te.ru.wa.
a.ri.ma.su.ka

這附近有飯店嗎？

↳ 🍌 你也可以將□裡的字代換成以下詞彙喔！

* 旅館　ryo.ka.n　　　旅館
りょかん

* 民宿　mi.n.shu.ku　　民宿
みんしゅく

🌱 詢問房間價錢

1 部屋代はいくらですか。
へ や だい
he.ya.da.i.wa.i.ku.ra.de.su.ka

房間價格多少呢？

2 もっと安い部屋はありますか。
やす へ や
mo.tto.ya.su.i.he.ya.wa.a.ri.ma.su.ka

有沒有更便宜的
房間呢？

3 一泊五千円以下の部屋がいいです。
いっぱくごせんえんいか へ や
i.ppa.ku.go.se.ne.ni.ka.no.he.ya.ga.i.i.de.su

我想要一晚五千
元以下的房間。

🌱 預約

1 予約がいりますか。
よ やく
yo.ya.ku.ga.i.ri.ma.su.ka

需要預約嗎？

2 予約しないで泊まれますか。
よ やく と
yo.ya.ku.shi.na.i.de.to.ma.re.ma.su.ka

沒有預約可以
投宿嗎？

部屋を予約したいのですが。　我想預約房間。
he.ya.o.yo.ya.ku.shi.ta.i.no.de.su.ga

いつお泊りになりますか。　請問何時住宿呢？
i.tsu.o.to.ma.ri.ni.na.ri.ma.su.ka

八月六日から二泊です。　我預定八月六日
ha.chi.ga.tsu.mu.i.ka.ka.ra　開始住兩個晚上。
ni.ha.ku.de.su

何名さまですか。　總共幾位呢？
na.n.me.i.sa.ma.de.su.ka

二人です。　兩位。
fu.ta.ri.de.su

ダブルですか、ツインですか。請問要雙人床呢、
da.bu.ru.de.su.ka、tsu.i.n.de.su.ka　還是兩張單人床？

ツインでお願いします。　麻煩你給我兩張
tsu.i.n.de.o.ne.ga.i.shi.ma.su　單人床。

かしこまりました。　好的。
ka.shi.ko.ma.ri.ma.shi.ta

今晩部屋は空いてますか。　今晩有空房嗎？
ko.n.ba.n.he.ya.wa.a.i.te.ma.su.ka

申し訳ございません。本日は　非常抱歉。
mo.o.shi.wa.ke.go.za.i.ma.se.n。　今天都客滿了。
満室です。
ho.n.ji.tsu.wa.ma.n.shi.tsu.de.su

🐒 住房登記

1 少し遅く到着します。
すこ おそ とうちゃく
su.ko.shi.o.so.ku.to.o.cha.ku.shi.ma.su

我會稍微晚到。

2 今夜十時半ごろホテルに着きます。
こんや じゅうじはん　　　　　つ
ko.n.ya.ju.u.ji.ha.n.go.ro.ho.te.ru.
ni.tsu.ki.ma.su

今晚十點半左右會抵達飯店。

3 チェックインをお願いします。
ねが
che.k.ku.i.n.o.o.ne.ga.i.shi.ma.su

麻煩你我要辦理住房登記。

4 シングルの部屋を予約してあります。
へや よやく
shi.n.gu.ru.no.he.ya.o.yo.ya.ku.
shi.te.a.ri.ma.su

我有預約單人房。

會話❶

今日の宿泊を予約して
きょう しゅくはく よやく
いたのですが。
kyo.o.no.shu.ku.ha.ku.o
yo.ya.ku.shi.te.i.ta.no.de.su.ga

我預約了今天住宿。

お名前は。
なまえ
o.na.ma.e.wa

請問貴姓大名。

張です。
ちょう
cho.o.de.su

我姓張。

パスポートを見せてください。
み
pa.su.po.o.to.o.mi.se.te.ku.da.sa.i

麻煩護照給我看一下。

こちらに署名をお願いします。
しょめい　　　ねが
ko.chi.ra.ni.sho.me.i.o.
o.ne.ga.i.shi.ma.su

請在這裡簽名。

お名前は。

今日の宿泊を
予約して
いたのですが。

Front

予約してありますか。
yo.ya.ku.shi.te.a.ri.ma.su.ka

有預約嗎？

予約してありません。
yo.ya.ku.shi.te.a.ri.ma.se.n

沒有預約。

飯店服務

🔊 032

1 朝食つきですか。
cho.o.sho.ku.tsu.ki.de.su.ka

有附早餐嗎？

2 もう一枚毛布をいただけますか。
mo.o.i.chi.ma.i.mo.o.fu.o.i.ta.da.ke.ma.su.ka

可以再跟你要一條毛毯嗎？

3 モーニングコールをお願いできますか。
mo.o.ni.n.gu.ko.o.ru.o.o.ne.ga.i.de.ki.ma.su.ka

請用電話叫醒我好嗎？

4 これを預かってください。
ko.re.o.a.zu.ka.t.te.ku.da.sa.i

請幫我保管這個東西。

會話

クリーニングをお願いします。
ku.ri.i.ni.n.gu.o.o.ne.ga.i.shi.ma.su

我有衣物想要麻煩送洗。

はい。
ha.i

好的。

いつできますか。
i.tsu.de.ki.ma.su.ka

什麼時候可以好？

今日中にできます。
kyo.o.ju.u.ni.de.ki.ma.su

今天就可以好了。

1 ドアの鍵^{かぎ}がかかりません。 門鎖不上。
do.a.no.ka.gi.ga.ka.ka.ri.ma.se.n

2 冷房^{れいぼう}（暖房^{だんぼう}）がききません。 冷氣不冷。
re.i.bo.o.（da.n.bo.o）ga.ki.ki.ma.se.n （暖氣不暖）

3 トイレの水^{みず}が止^とまりません。 廁所的水流不停。
to.i.re.no.mi.zu.ga.to.ma.ri.ma.se.n

4 テレビの調子^{ちょうし}が悪^{わる}いようです。 電視好像有點怪
te.re.bi.no.cho.o.shi.ga.wa.ru.i.yo.o.de.su 怪的。

5 お湯^ゆが出^でません。 熱水流不出來。
o.yu.ga.de.ma.se.n

6 シャワーのお湯^ゆが熱^{あつ}すぎます。 蓮蓬頭的水太燙
sha.wa.a.no.o.yu.ga.a.tsu.su.gi.ma.su 了。

7 電気^{でんき}がつきません。 電燈不亮。
de.n.ki.ga.tsu.ki.ma.se.n

8 タオルがありません。 沒有毛巾。
ta.o.ru.ga.a.ri.ma.se.n

9 隣^{となり}の部屋^{へや}がすごく騒^{さわ}がしいです。 隔壁房太吵了。
to.na.ri.no.he.ya.ga.su.go.ku.
sa.wa.ga.shi.i.de.su

10 洗濯物^{せんたくもの}がまだきていません。 我的送洗衣物還
se.n.ta.ku.mo.no.ga.ma.da.ki.te.i.ma.se.n 沒拿到。

11 部屋^{へや}に鍵^{かぎ}を忘^{わす}れたまましめてし 我把門鎖上，但是
まいました。 鑰匙忘在房間裡了。
he.ya.ni.ka.gi.o.wa.su.re.ta.ma.ma.
shi.me.te.shi.ma.i.ma.shi.ta

辦理退房

1 チェックアウトします。
che.k.ku.a.u.to.shi.ma.su

我要退房。

2 領収書をお願いします。
ryo.o.shu.u.sho.o.o.ne.ga.i.shi.ma.su

麻煩給我收據。

3 予定より一日早く出ます。
yo.te.i.yo.ri.i.chi.ni.chi.ha.ya.ku.de.ma.su

我要比預定的時間早一天離開。

4 もう一泊延長できますか。
mo.o.i.p.pa.ku.e.n.cho.o.de.ki.ma.su.ka

可以再延長住一晚嗎？

5 クレジットカードで払います。
ku.re.ji.t.to.ka.a.do.de.ha.ra.i.ma.su

我要用信用卡付款。

6 タクシーを呼んでいただけますか。
ta.ku.shi.i.o.yo.n.de.i.ta.da.ke.ma.su.ka

能幫我叫計程車嗎？

7 部屋に忘れ物をしました。
he.ya.ni.wa.su.re.mo.no.o.shi.ma.shi.ta

我把東西忘在房間裡了。

部屋に忘れ物を
しました。

單字充電站

じゃ、一階で
まってます。

🔊 033

預約

シングル shi.n.gu.ru 單人房	ツイン tsu.i.n 雙人房 （兩張單人床）	ダブル da.bu.ru 雙人房 （一張雙人床）	予約 yo.ya.ku 預約
バス付き ba.su.tsu.ki 有浴室	朝食付き cho.o.sho.ku.tsu.ki 附早餐	二食付き ni.sho.ku.tsu.ki 附兩餐	エアコン付き e.a.ko.n.tsu.ki 有空調

室内用品・設備

だんぼう 暖房 da.n.bo.o 暖氣	トイレ to.i.re 廁所	よくしつ 浴室 yo.ku.shi.tsu 浴室	ベッド be.d.do 床	ふ とん 布団 fu.to.n 棉被
もう ふ 毛布 mo.o.fu 毛毯	シーツ shi.i.tsu 床單、被單	まくら 枕 ma.ku.ra 枕頭		タオル ta.o.ru 毛巾
か しつ き 加湿器 ka.shi.tsu.ki 加濕器	スリッパ su.ri.p.pa 拖鞋	れいぞう こ 冷蔵庫 re.i.zo.o.ko 冰箱	ハンガー ha.n.ga.a 衣架	

其他

フロント fu.ro.n.to 櫃檯	ルームナンバー ru.u.mu.na.n.ba.a 房間號碼	かぎ キー／鍵 ki.i／ka.gi 鑰匙	て あら お手洗い o.te.a.ra.i 洗手間	
わ しつ 和室 wa.shi.tsu 和室	ようしつ 洋室 yo.o.shi.tsu 洋室	おとこ ゆ 男 湯 o.to.ko.yu 男用浴池	おんな ゆ 女 湯 o.n.na.yu 女用浴池	
ふ ろ お風呂 o.fu.ro 浴池	おんせん 温泉 o.n.se.n 溫泉	ちょうしょく 朝 食 cho.o.sho.ku 早餐	ランチ ra.n.chi 午餐	ディナー di.na.a 晚餐

温泉は
いいな～

両替をしたい
のです。

銀行

🌿 尋找・詢問

1 銀行はどこですか。
gi.n.ko.o.wa.do.ko.de.su.ka

銀行在哪裡？

2 一番近い銀行はどこですか。
i.chi.ba.n.chi.ka.i.gi.n.ko.o.wa.
do.ko.de.su.ka

最近的銀行在哪裡？

3 銀行は何時に開きますか。
gi.n.ko.o.wa.na.n.ji.ni.a.ki.ma.su.ka

銀行幾點開門？

🌿 在櫃檯－客人要求

1 両替をしたいのです。
ryo.o.ga.e.o.shi.ta.i.no.de.su

我想要兌換錢。

2 口座を開きたいのです。
ko.o.za.o.hi.ra.ki.ta.i.no.de.su

我想開戶。

3 トラベラーズチェックを現金に
替えたいのです。
to.ra.be.ra.a.zu.che.k.ku.o.ge.n.ki.n.ni.
ka.e.ta.i.no.de.su

我想將旅行支票換成現金。

🌿 在櫃檯－服務人員的指示

1 ここにサインをしてください。
ko.ko.ni.sa.i.no.shi.te.ku.da.sa.i

請在這裡簽名。

2 確認してください。
ka.ku.ni.n.shi.te.ku.da.sa.i

請確認一下。

3 訂正してください。
<ruby>訂正<rt>ていせい</rt></ruby>してください。
te.i.se.i.shi.te.ku.da.sa.i

請訂正一下。

4 印鑑をお願いします。
<ruby>印鑑<rt>いんかん</rt></ruby>をお<ruby>願<rt>ねが</rt></ruby>いします。
i.n.ka.n.o.o.ne.ga.i.shi.ma.su

麻煩印章給我一下。

5 パスポートを見せてください。
パスポートを<ruby>見<rt>み</rt></ruby>せてください。
pa.su.po.o.to.o.mi.se.te.ku.da.sa.i

請給我看一下護照。

使用提款機領錢時

1 お金が出ません。
お<ruby>金<rt>かね</rt></ruby>が<ruby>出<rt>で</rt></ruby>ません。
o.ka.ne.ga.de.ma.se.n

錢沒有出來。

2 暗証番号を忘れました。
<ruby>暗証番号<rt>あんしょうばんごう</rt></ruby>を<ruby>忘<rt>わす</rt></ruby>れました。
a.n.sho.o.ba.n.go.o.o.wa.su.re.ma.shi.ta

我忘記密碼了。

3 キャッシュカードをなくしました。
kya.s.shu.ka.a.do.o.na.ku.shi.ma.shi.ta

我遺失了提款卡。

兌換

1 どこで両替できますか。
どこで<ruby>両替<rt>りょうがえ</rt></ruby>できますか。
do.ko.de.ryo.o.ga.e.de.ki.ma.su.ka

哪裡可以換錢呢？

2 両替していただけますか。
<ruby>両替<rt>りょうがえ</rt></ruby>していただけますか。
ryo.o.ga.e.shi.te.i.ta.da.ke.ma.su.ka

能幫我換錢嗎？

3 1ドルはいくらですか。
<ruby>1<rt>いち</rt></ruby>ドルはいくらですか。
i.chi.do.ru.wa.i.ku.ra.de.su.ka

一美元等於多少
日幣呢？

4 交換レートはいくらですか。
<ruby>交換<rt>こうかん</rt></ruby>レートはいくらですか。
ko.o.ka.n.re.e.to.wa.i.ku.ra.de.su.ka

匯率是多少呢？

5 ドルを円に換えたいです。
ドルを<ruby>円<rt>えん</rt></ruby>に<ruby>換<rt>か</rt></ruby>えたいです。
do.ru.o.e.n.ni.ka.e.ta.i.de.su

我想將美元換成
日幣。

6 千円札にくずしてください。
<ruby>千円札<rt>せんえんさつ</rt></ruby>にくずしてください。
se.n.e.n.sa.tsu.ni.ku.zu.shi.te.ku.da.sa.i

請幫我換成一仟
元鈔票。

7 小銭に替えていただけませんか。 能幫我換成零錢嗎？
こぜに か
ko.ze.ni.ni.ka.e.te.i.ta.da.ke.ma.se.n.ka

🌾 匯款

1 台湾に送金したいのです。 我要匯款到台灣。
たいわん そうきん
ta.i.wa.n.ni.so.o.ki.n.shi.ta.i.no.de.su

2 振込用紙の書き方を教えていた 能不能教我如何
ふりこみようし か かた おし 寫匯款單？
だけませんか。
fu.ri.ko.mi.yo.o.shi.no.ka.ki.ka.ta.o.
o.shi.e.te.i.ta.da.ke.ma.se.n.ka

3 明日の昼までにお金は届きますか。 明天中午前能匯
あした ひる かね とど 到嗎？
a.shi.ta.no.hi.ru.ma.de.ni.o.ka.ne.
wa.to.do.ki.ma.su.ka

會話

😊 お金を振り込みたいのです。 我想匯款。
かね ふ こ
o.ka.ne.o.fu.ri.ko.mi.ta.i.no.de.su

😊 こちらの振込用紙に記入 填寫這張匯款單。
ふりこみようし きにゅう
してください。
ko.chi.ra.no.fu.ri.ko.mi.yo.o.shi.ni.
ki.nyu.u.shi.te.ku.da.sa.i

🌾 其他

1 残高照会が知りたいのです。 我想知道我的存
ざんだかしょうかい し 款餘額。
za.n.da.ka.sho.o.ka.i.ga.shi.ri.ta.i.
no.de.su

2 手数料はいくらですか。 手續費是多少呢？
て すうりょう
te.su.u.ryo.o.wa.i.ku.ra.de.su.ka

單字充電站

🔊 035

銀行・兌換

| お金
o.ka.ne
錢 | 細かいお金／小銭
ko.ma.ka.i.o.ka.ne／ko.ze.ni
零錢 | お札
o.sa.tsu
鈔票 | 小切手
ko.gi.t.te
支票 |

| トラベラーズチェック
to.ra.be.ra.a.zu.che.k.ku
旅行支票 | 外国為替
ga.i.ko.ku.ka.wa.se
國外匯兌 | 口座
ko.o.za
戶頭 |

| 通帳
tsu.u.cho.o
存摺 | キャッシュカード
kya.s.shu.ka.a.do
金融卡 | 窓口
ma.do.gu.chi
櫃檯(窗口) | 支店
shi.te.n
分行 |

| 両替
ryo.o.ga.e
兌錢 | 振込み
fu.ri.ko.mi
匯款 | 引き出し
hi.ki.da.shi
領錢 | 送金
so.o.ki.n
送款 | 残高
za.n.da.ka
餘額 |

| 自動引き落とし
ji.do.o.hi.ki.o.to.shi
自動提款 | 為替レート
ka.wa.se.re.e.to
匯率 | 円
e.n
日元 |

| ドル
do.ru
美元 | 台湾ドル
ta.i.wa.n.do.ru
台幣 |

キャッシュカードを無くした！

いらっしゃいませ。

🔊 036

餐廳

 尋找餐廳

1 この近くに安くておいしい
レストランがありますか。
ko.no.chi.ka.ku.ni.ya.su.ku.te.o.i.shi.i.
re.su.to.ra.n.ga.a.ri.ma.su.ka

這附近有沒有便宜
又好吃的餐廳呢？

2 このあたりに日本料理店が
ありますか。
ko.no.a.ta.ri.ni.ni.ho.n.ryo.o.ri.te.n.
ga.a.ri.ma.su.ka

這附近有沒有日本
料理店？

預約

會話 ❶

予約をしたいのですが。
yo.ya.ku.o.shi.ta.i.no.de.su.ga

我想預約。

何日の何時ごろでしょうか。
na.n.ni.chi.no.na.n.ji.go.ro.de.sho.o.ka

請問您要預約哪
一天幾點的呢？

13 日の18 時ごろです。
ju.u.sa.n.ni.chi.no.ju.u.ha.chi.ji.go.ro.de.su

13號下午六點左右。

何名さまでしょうか。
na.n.me.i.sa.ma.de.sho.o.ka

請問幾位呢？

5人です。
go.ni.n.de.su

五位。

よやく ひつよう
予約が必要ですか。　　　　　請問需要預約嗎？
yo.ya.ku.ga.hi.tsu.yo.o.de.su.ka

ひつよう　　　　　ちょくせつ こ
必要ありません。直接お越し　　不需要。請您直
ください。　　　　　　　　　接過來就行了。
hi.tsu.yo.o.a.ri.ma.se.n。cho.ku.se.tsu.
o.ko.shi.ku.da.sa.i

進入餐廳

えいぎょうちゅう
1 営業 中ですか。　　　　　請問現在有營業嗎？
e.i.gyo.o.chu.u.de.su.ka

なんじ
2 ディナーは何時からですか。　晚餐幾點開始呢？
di.na.a.wa.na.n.ji.ka.ra.de.su.ka

會話❶

いらっしゃいませ。　　　　　歡迎光臨。
i.ra.s.sha.i.ma.se

なんめい
何名さまですか。　　　　　幾位？
na.n.me.i.sa.ma.de.su.ka

しちにん
7人です。　　　　　　　　7位。
shi.chi.ni.n.de.su

す
たばこをお吸いになりますか。　請問有抽菸嗎？
ta.ba.ko.o.o.su.i.ni.na.ri.ma.su.ka

いいえ。　　　　　　　　　不抽。
i.i.e

じゃあ、こちらへどうぞ。　　那請往這邊走。
ja.a、ko.chi.ra.e.do.o.zo

🐵 席は空いていますか。 有空位嗎？
せき あ
se.ki.wa.a.i.te.i.ma.su.ka

🐵 大変申し訳ございません。 非常抱歉。
たいへんもう わけ
ta.i.he.n.mo.o.shi.wa.ke.go.za.i.ma.se.n

只今満席となっております。 現在都客滿了。
ただいままんせき
ta.da.i.ma.ma.n.se.ki.to.na.tte.o.ri.ma.su

🐵 待ち時間はどのくらいですか。 請問要等多久呢？
ま じ かん
ma.chi.ji.ka.n.wa.do.no.ku.ra.i.de.su.ka

🐵 20分ほどです。 大約20分鐘。
にじゅっぷん
ni.ju.p.pu.n.ho.do.de.su

點餐 🔊 037

1 メニューを見せていただけますか。 給我看一下菜單
み 好嗎？
me.nyu.u.o.mi.se.te.i.ta.da.ke.ma.su.ka

2 おすすめ品は何ですか。 有什麼可以推薦的？
ひん なん
o.su.su.me.hi.n.wa.na.n.de.su.ka

3 早くできるものは何ですか。 可以快速上桌的是
はや なん 什麼菜？
ha.ya.ku.de.ki.ru.mo.no.wa.na.n.de.su.ka

4 それはどんな味ですか。 什麼味道呢？
あじ
so.re.wa.do.n.na.a.ji.de.su.ka

5 これは甘いですか、辛いですか。 這是甜的、還是
あま から 辣的？
ko.re.wa.a.ma.i.de.su.ka、
ka.ra.i.de.su.ka

6 どんな種類のビールがありますか。 有什麼種類的啤酒？
しゅるい
do.n.na.shu.ru.i.no.bi.i.ru.ga.a.ri.ma.su.ka

7 ワインを一本お願いします。 請給我一瓶葡萄酒。
いっぽん ねが
wa.i.n.o.i.p.po.n.o.ne.ga.i.shi.ma.su

8 デザートはあとで注文します。　甜點稍後再點。
de.za.a.to.wa.a.to.de.chu.u.mo.n.shi.ma.su

9 食後にコーヒーをお願いします。　咖啡請餐後再送上來。
sho.ku.go.ni.ko.o.hi.i.o.o.ne.ga.i.shi.ma.su

10 ミルクと砂糖をお願いします。　請給我牛奶和糖。
mi.ru.ku.to.sa.to.o.o.o.ne.ga.i.shi.ma.su

會話

🐵 何になさいますか。　　　　　請問要點什麼？
na.ni.ni.na.sa.i.ma.su.ka

🐵 オムライスにします。　　　　我要點蛋包飯。
o.mu.ra.i.su.ni.shi.ma.su

↳🍌你也可以這樣回答喔！

* 豚骨ラーメンをください。　　　請給我豚骨拉麵。
to.n.ko.tsu.ra.a.me.n.o.
ku.da.sa.i

* カツカレーをお願いします。　　麻煩給我豬排咖哩。
ka.tsu.ka.re.e.o.
o.ne.ga.i.shi.ma.su

* まだ決めていません。　　　　我還沒決定好。
ma.da.ki.me.te.i.ma.se.n

用餐中

1 これは注文していません。　　我沒有點這個。
ko.re.wa.chu.u.mo.n.shi.te.i.ma.se.n

2 変な味がします。　　　　　　味道怪怪的。
he.n.na.a.ji.ga.shi.ma.su

3 野菜サラダがまだ来ていません。
ya.sa.i.sa.ra.da.ga.ma.da.ki.te.i.ma.se.n

我點的生菜沙拉還沒來。

4 ナイフとフォークを下さい。
na.i.fu.to.fo.o.ku.o.ku.da.sa.i

請給我刀叉。

5 お箸を落としてしまいました。
o.ha.shi.o.o.to.shi.te.shi.ma.i.ma.shi.ta

我的筷子掉了。

6 塩を取っていただけますか。
shi.o.o.to.t.te.i.ta.da.ke.ma.su.ka

可以給我鹽嗎？

7 おしぼりを持ってきていただけますか。
o.shi.bo.ri.o.mo.t.te.ki.te.
i.ta.da.ke.ma.su.ka

可以幫我拿濕紙巾過來嗎？

8 コーヒーをもう一杯いただけますか。
ko.o.hi.i.o.mo.o.i.p.pa.i.i.ta.da.ke.ma.su.ka

可以再給我一杯咖啡嗎？

9 タバコを吸ってもいいですか。
ta.ba.ko.o.su.t.te.mo.i.i.de.su.ka

可以抽菸嗎？

買單

1 どこで払うのですか。
do.ko.de.ha.ra.u.no.de.su.ka

要到哪邊付帳呢？

2 お勘定をお願いします。
o.ka.n.jo.o.o.ne.ga.i.shi.ma.su

麻煩你我要買單。

3 別々にお願いします。
be.tsu.be.tsu.ni.o.ne.ga.i.shi.ma.su

麻煩你我們要分開付。

營業相關用語

えいぎょうちゅう 営業中 e.i.gyo.o.chu.u 營業中	じゅん び ちゅう 準備中 ju.n.bi.chu.u 準備中	かいてん 開店 ka.i.te.n 開店	へいてん 閉店 he.i.te.n 打烊
ていきゅう び 定休日 te.i.kyu.u.bi 公休	しょっけん 食券 sho.k.ke.n 餐券	かしきり 貸切 ka.shi.ki.ri 包場	よ やく 予約 yo.ya.ku 訂位

よ やく 予約キャンセル yo.ya.ku.kya.n.se.ru 取消訂位	てんちょう オーナー、店長 o.o.na.a、te.n.cho.o 老闆、店長

てんいん 店員 te.n.i.n 店員	せっきゃく 接客サービス se.k.kya.ku.sa.a.bi.su 待客服務	まんせき 満席 ma.n.se.ki 客滿

テイクアウト te.i.ku.a.u.to 外帶	りょう り じ まん　　あじ じ まん 料理自慢／味自慢 ryo.o.ri.ji.ma.n ／ a.ji.ji.ma.n 招牌菜／引以為豪的美味	さつえいきん し 撮影禁止 sa.tsu.e.i.ki.n.shi 禁止攝影

いんしょくぶつ も　 こ　 きん し 飲食物持ち込み禁止 i.n.sho.ku.bu.tsu.mo.chi.ko.mi.ki.n.shi 禁止攜帶外食

いらっしゃい

いらっしゃい！

ラーメン

設備・座位

| 個室
ko.shi.tsu
包廂 | 席
se.ki
座位 | 禁煙・喫煙
ki.n.e.n・ki.tsu.e.n
禁菸・吸菸 | 駐車場
chu.u.sha.jo.o
停車場 |

| キッズチェアー
ki.z.zu.che.a.a
兒童椅 | カウンター席
ka.u.n.ta.a.se.ki
吧台座位 |

一緒に昼ごはんを食べよう！

おいしそう！

| 露天席
ro.te.n.se.ki
露天座位 | 予約席
yo.ya.ku.se.ki
預約席 |

結帳

| 勘定
ka.n.jo.o
買單 | 割り勘
wa.ri.ka.n
各付各的 | お会計
o.ka.i.ke.i
結帳 | 消費税
sho.o.hi.ze.i
消費稅 |

| サービス料
sa.a.bi.su.ryo.o
服務費 | 領収書
ryo.o.shu.u.sho
收據 | レシート
re.shi.i.to
發票 | ポイントカード
po.i.n.to.ka.a.do
集點卡 |

| 割引券
wa.ri.bi.ki.ke.n
折價卷 | カード
ka.a.do
刷卡 | 基本料金
ki.ho.n.ryo.o.ki.n
低消 |

朝ごはん／朝食
a.sa.go.ha.n／cho.o.sho.ku
早餐

昼ごはん／昼食／ランチ
hi.ru.go.ha.n／chu.u.sho.ku／ra.n.chi
午餐

夕ご飯／夕食／ディナー
yu.u.go.ha.n／yu.u.sho.ku／di.na.a
晚餐

食事
sho.ku.ji
飯、饗、飲食

おやつ
o.ya.tsu
點心、零食

デザート
de.za.a.to
甜點

ドリンク
do.ri.n.ku
飲料

おつまみ
o.tsu.ma.mi
開胃菜

特盛り
to.ku.mo.ri
特大碗

大盛り
o.o.mo.ri
大碗

中盛り
chu.u.mo.ri
中碗

バイキング／ビュッフェ
ba.i.ki.n.gu／byu.f.fe
自助餐

（食べ／飲み）放題
(ta.be／no.mi) ho.o.da.i
吃到飽、喝到飽

お品書き／メニュー
o.shi.na.ga.ki／me.nyu.u
菜單

定食／コース／セット
te.i.sho.ku／ko.o.su／se.t.to
套餐

一品料理
i.p.pi.n.ryo.o.ri
單點

ご飯／ライス
go.ha.n／ra.i.su
白飯

レストラン re.su.to.ra.n 餐廳	食堂 しょくどう sho.ku.do.o 食堂	喫茶店 きっさ てん ki.s.sa.te.n 喫茶店	ラーメン屋 や ra.a.me.n.ya 拉麵店
そば屋 や so.ba.ya 蕎麥麵店	焼肉屋 やきにく や ya.ki.ni.ku.ya 燒肉店	お好み焼き屋 この や や o.ko.no.mi.ya.ki.ya 什錦燒店
居酒屋 いざか や i.za.ka.ya 居酒屋	スナック su.na.k.ku 酒店	バー ba.a 吧	屋台 や たい ya.ta.i 路邊攤
カフェ ka.fe 咖啡店	ねこカフェ ne.ko.ka.fe 貓咪咖啡店	メイドカフェ me.i.do.ka.fe 女僕咖啡店	執事カフェ しつじ shi.tsu.ji.ka.fe 執事咖啡店
飲食店 いんしょくてん i.n.sho.ku.te.n 餐飲店	カレー屋 や ka.re.e.ya 咖哩店	ファミリーレストラン fa.mi.ri.i.re.su.to.ra.n 大眾餐廳
ピザ屋 や pi.za.ya 比薩店	パン屋 や pa.n.ya 麵包店	ケーキ屋 や ke.e.ki.ya 蛋糕店

日本料理 ni.ho.n.ryo.o.ri 日本料裡	和食 wa.sho.ku 和風料理	中華料理 chu.u.ka.ryo.o.ri 中華料理
台湾料理 ta.i.wa.n.ryo.o.ri 台灣料理	韓国料理 ka.n.ko.ku.ryo.o.ri 韓國料理	タイ料理 ta.i.ryo.o.ri 泰國料理
ベトナム料理 be.to.na.mu.ryo.o.ri 越南料理	インド料理 i.n.do.ryo.o.ri 印度料理	トルコ料理 to.ru.ko.ryo.o.ri 土耳其料理
欧米料理 o.o.be.i.ryo.o.ri 歐美料理	洋食 yo.o.sho.ku 西式料理	イタリア料理 i.ta.ri.a.ryo.o.ri 義大利料理
フランス料理 fu.ra.n.su.ryo.o.ri 法國料理	スペイン料理 su.pe.i.n.ryo.o.ri 西班牙料理	ドイツ料理 do.i.tsu.ryo.o.ri 德國料理
アメリカ料理 a.me.ri.ka.ryo.o.ri 美式料理	メキシコ料理 me.ki.shi.ko.ryo.o.ri 墨西哥料理	

わたしは
中華料理が
作れるよ！

懐石料理 かいせきりょうり ka.i.se.ki.ryo.o.ri 懷石料理	郷土料理 きょうどりょうり kyo.o.do.ryo.o.ri 鄉土料理	精進料理 しょうじんりょうり sho.o.ji.n.ryo.o.ri 素食料理

寿司 すし su.shi 壽司	刺身 さしみ sa.shi.mi 生魚片	味噌汁 みそしる mi.so.shi.ru 味噌湯	冷奴 ひややっこ hi.ya.ya.ko 涼拌豆腐

漬物／佃煮 つけもの　つくだに tsu.ke.mo.no ／ tsu.ku.da.ni 醬菜／佃煮（醬油及砂糖煮成的配菜）	茶碗蒸し ちゃわんむし cha.wa.n.mu.shi 茶碗蒸

天婦羅 てんぷら te.n.pu.ra 天婦羅	蕎麦 そば so.ba 蕎麥麵	焼きそば や ya.ki.so.ba 炒麵	うどん u.do.n 烏龍麵

ラーメン ra.a.me.n 拉麵	つけめん tsu.ke.me.n 沾麵	そうめん so.o.me.n 麵線

串揚げ くしあ ku.shi.a.ge 炸串	エビフライ e.bi.fu.ra.i 炸蝦	
豚カツ とん to.n.ka.tsu 炸豬排	天丼 てんどん te.n.do.n 炸蝦蓋飯	

いらっしゃい

いらっしゃい

ラーメン

親子丼 o.ya.ko.do.n 雞肉雞蛋蓋飯	牛丼 gyu.u.do.n 牛丼飯	カツ丼 ka.tsu.do.n 豬排丼飯
海鮮丼 ka.i.se.n.do.n 海鮮丼	お茶漬け o.cha.zu.ke 茶泡飯	ハヤシライス ha.ya.shi.ra.i.su 牛肉燴飯
うな重／うな丼 u.na.ju.u ／ u.na.do.n 鰻魚便當／鰻魚飯	蒲焼 ka.ba.ya.ki 蒲燒	肉じゃが ni.ku.ja.ga 馬鈴薯燉肉
ねこマンマ ne.ko.ma.n.ma 柴魚拌飯	焼き魚 ya.ki.za.ka.na 烤魚	焼き鳥 ya.ki.to.ri 烤雞串
お好み焼き／もんじゃ焼き o.ko.no.mi.ya.ki ／ mo.n.ja.ya.ki 什錦煎餅／文字燒		焼肉 ya.ki.ni.ku 燒肉
おでん o.de.n 關東煮	たこ焼き ta.ko.ya.ki 章魚燒	しゃぶしゃぶ sha.bu.sha.bu 涮涮鍋
すき焼き su.ki.ya.ki 壽喜燒	石狩鍋 i.shi.ka.ri.na.be 石狩鍋	ちゃんこ鍋 cha.n.ko.na.be 相撲火鍋

オードブル o.o.do.bu.ru 開胃菜	スープ su.u.pu 湯	サラダ sa.ra.da 沙拉	ハンバーグ ha.n.ba.a.gu 漢堡排

ステーキ
su.te.e.ki
牛排

クリームシチュー
ku.ri.i.mu.shi.chu.u
奶油濃湯

グラタン gu.ra.ta.n 焗烤飯	ドリア do.ri.a 焗飯	スパゲッティ・パスタ su.pa.ge.t.ti・pa.su.ta 義大利麵

ポトフ po.to.fu 法式蔬菜燉肉鍋	カレーライス ka.re.e.ra.i.su 咖哩飯	コロッケ ko.ro.k.ke 可樂餅

パン
pa.n
麵包

ハンバーガー
ha.n.ba.a.ga.a
漢堡（速食店）

サンドイッチ sa.n.do.i.c.chi 三明治	ピザ pi.za 披薩	フライドチキン fu.ra.i.do.chi.ki.n 炸雞

ホットドッグ ho.t.to.do.g.gu 熱狗麵包	フライドポテト fu.ra.i.do.po.te.to 薯條	あいしそう！

中華料理

ショウロンポウ 小籠包 sho.o.ro.n.po.o 小籠包	にく 肉まん ni.ku.ma.n 肉包	まーぼーどうふ 麻婆豆腐 ma.a.bo.o.do.o.fu 麻婆豆腐	ぎょうざ 餃子 gyo.o.za 餃子、煎餃
すぶた 酢豚 su.bu.ta 糖醋豬肉	チャーハン cha.a.ha.n 炒飯	シュウマイ shu.u.ma.i 燒賣	ペキン 北京ダック be.ki.n.da.k.ku 北京烤鴨
はるまき 春巻き ha.ru.ma.ki 春捲	めん ワンタン麵 wa.n.ta.n.me.n 餛飩麵	たんたんめん 坦々麵 ta.n.ta.n.me.n 擔擔麵	ぎゅうにくめん 牛肉麵 gyu.u.ni.ku.me.n 牛肉麵
ごもく 五目ヤキソバ go.mo.ku.ya.ki.so.ba 什錦炒麵	や 焼きビーフン ya.ki.bi.i.fu.n 炒米粉	チンジャオロース chi.n.ja.o.ro.o.su 青椒肉絲	

各式蛋料理

たまご 卵 ta.ma.go 蛋	たまご ゆで卵 yu.de.ta.ma.go 水煮蛋	めだまや 目玉焼き me.da.ma.ya.ki 荷包蛋
おんせんたまご 温泉卵 o.n.se.n.ta.ma.go 溫泉蛋	オムレツ o.mu.re.tsu 歐姆蛋	オムライス o.mu.ra.i.su 蛋包飯

玉子焼き （たまごやき） ta.ma.go.ya.ki 煎蛋捲	玉子サンド （たまご） ta.ma.go.sa.n.do 雞蛋三明治

御飯團口味

おにぎり o.ni.gi.ri 御飯糰	納豆 （なっとう） na.t.to.o 納豆	梅干 （うめぼし） u.me.bo.shi 梅子	昆布 （こんぶ） ko.n.bu 昆布
サラダ巻 （まき） sa.ra.da.ma.ki 沙拉捲	わかめ wa.ka.me 海帶芽	たけのこ ta.ke.no.ko 竹筍	シーチキン shi.i.chi.ki.n 海底雞
鮭 （さけ） sa.ke 鮭魚	海老マヨネーズ（エビマヨ） （えび） e.bi.ma.yo.ne.e.zu（e.bi.ma.yo） 美乃滋蝦子		明太子 （めんたいこ） me.n.ta.i.ko 明太子
ツナマヨネーズ（ツナマヨ） tsu.na.ma.yo.ne.e.zu（tsu.na.ma.yo） 鮪魚美乃滋		豚キムチ （ぶた） bu.ta.ki.mu.chi 泡菜豬肉	
照り焼きチキン （てやき） te.ri.ya.ki.chi.ki.n 照燒雞肉			

おにぎりが
半分しか
ないよ！

あんパン a.n.pa.n 紅豆麵包	ジャムパン ja.mu.pa.n 果醬麵包	チョコレートパン cho.ko.re.e.to.pa.n 巧克力麵包

メロンパン me.ro.n.pa.n 菠蘿麵包	クリームパン ku.ri.i.mu.pa.n 奶油麵包	レーズンパン re.e.zu.n.pa.n 葡萄乾麵包	コロネ ko.ro.ne 螺旋捲麵包
かにぱん ka.ni.pa.n 螃蟹麵包	コッペパン ko.p.pe.pa.n 餐包	バターロール ba.ta.a.ro.o.ru 奶油捲	食パン sho.ku.pa.n 土司麵包
揚げパン a.ge.pa.n 炸麵包	クロワッサン ku.ro.wa.s.sa.n 可頌麵包	フォカッチャ fo.ka.c.cha 佛卡夏	乾パン ka.n.pa.n 口糧餅乾
デニッシュ de.ni.s.shu 丹麥麵包	ベーグル be.e.gu.ru 貝果	スコーン su.ko.o.n 司康	ピロシキ pi.ro.shi.ki 夾餡麵包

シナモンロール shi.na.mo.n.ro.o.ru 肉桂捲	マフィン ma.fi.n 瑪芬	蒸しパン mu.shi.pa.n 蒸麵包

日式甜點

<ruby>羊羹<rt>ようかん</rt></ruby> yo.o.ka.n **羊羹**	<ruby>大福<rt>だいふく</rt></ruby> da.i.fu.ku **大福**	わらびもち wa.ra.bi.mo.chi **蕨餅**
<ruby>柏餅<rt>かしわもち</rt></ruby> ka.shi.wa.mo.chi **柏餅**	おはぎ o.ha.gi **萩餅**	<ruby>最中<rt>もなか</rt></ruby> mo.na.ka **最中**
ひなあられ hi.na.a.ra.re **雛霰（3 月 3 女兒節供俸用的點心）**		<ruby>人形焼き<rt>にんぎょう や</rt></ruby> ni.n.gyo.o.ya.ki **人形燒**
カステラ ka.su.te.ra **蜂蜜蛋糕**	<ruby>生八橋<rt>なまやつはし</rt></ruby> na.ma.ya.tsu.ha.shi **生八橋**	<ruby>磯辺焼き<rt>いそ べ や</rt></ruby> i.so.be.ya.ki **海苔年糕**
どら<ruby>焼<rt>や</rt></ruby>き do.ra.ya.ki **銅鑼燒**	<ruby>今川焼き<rt>いまがわ や</rt></ruby> i.ma.ga.wa.ya.ki **今川燒（類似紅豆餅）**	
たい<ruby>焼<rt>や</rt></ruby>き ta.i.ya.ki **鯛魚燒**	<ruby>団子<rt>だん ご</rt></ruby> da.n.go **糰子**	<ruby>月見団子<rt>つき み だん ご</rt></ruby> tsu.ki.mi.da.n.go **月見糰子＊**

＊ 農曆 8 月 15 及 9 月
13 賞月時吃的糰子。

生八つ橋は
京都の名物だよ。

ケーキ ke.e.ki 蛋糕	ショートケーキ sho.o.to.ke.e.ki 奶油蛋糕	タルト ta.ru.to 塔
ロールケーキ ro.o.ru.ke.e.ki 瑞士捲	バウムクーヘン ba.u.mu.ku.u.he.n 年輪蛋糕	シュークリーム shu.u.ku.ri.i.mu 泡芙
カヌレ ka.nu.re 可麗露	マカロン ma.ka.ro.n 馬卡龍	プリン pu.ri.n 布丁
キャンディー kya.n.di.i 糖果	チョコレート cho.ko.re.e.to 巧克力	クレープ ku.re.e.pu 可麗餅

駄菓子 だ が し da.ga.shi 零食	せんべい se.n.be.i 仙貝	柿の種 かき たね ka.ki.no.ta.ne 柿子種米菓
かりんとう ka.ri.n.to.o 花林糖	飴 あめ a.me 糖果	ミルクキャラメル mi.ru.ku.kya.ra.me.ru 牛奶糖

こんぺいとう 金平糖 ko.n.pe.i.to.o 金平糖	がし わた菓子 wa.ta.ga.shi 棉花糖	ドライフルーツ do.ra.i.fu.ru.u.tsu 水果乾
ボールガム bo.o.ru.ga.mu 口香糖球	ゼリー ze.ri.i 果凍	だいがくいも 大学芋 da.i.ga.ku.i.mo 蜜地瓜

冰品

アイスクリーム a.i.su.ku.ri.i.mu 冰淇淋	シャーベット sha.a.be.t.to 雪酪	アイスキャンディー a.i.su.kya.n.di.i 冰棒
フローズンヨーグルト fu.ro.o.zu.n.yo.o.gu.ru.to 優格冰淇淋	スクリームコーン su.ku.ri.i.mu.ko.o.n 甜筒	ごおり カキ氷 ka.ki.go.o.ri 剉冰

飲料

のもの 飲み物／ドリンク no.mi.mo.no／do.ri.n.ku 飲料	みず 水 mi.zu 開水	ゆ お湯 o.yu 熱開水
ぎゅうにゅう 牛乳／ミルク gyu.u.nyu.u／mi.ru.ku 牛奶	コーヒー ko.o.hi.i 咖啡

アイスコーヒー a.i.su.ko.o.hi.i 冰咖啡	カフェモカ ka.fe.mo.ka 摩卡咖啡	カフェラテ ka.fe.ra.te 拿鐵

お茶 o.cha 茶	ウーロン茶 u.u.ro.n.cha 烏龍茶	紅茶 ko.o.cha 紅茶

緑茶 ryo.ku.cha 綠茶	ミルクティー mi.ru.ku.ti.i 奶茶	チャイ cha.i 香料茶	ソーダ so.o.da 蘇打飲料

オレンジジュース o.re.n.ji.ju.u.su 柳橙汁	ジュース ju.u.su 果汁	ココア ko.ko.a 可可亞

酒類　　　　　　　　🔊040

1 はしごする ha.shi.go.su.ru	續攤
2 乾杯！ ka.n.pa.i	乾杯！

お酒 o.sa.ke 酒	日本酒（熱かん／冷酒） ni.ho.n.shu(a.tsu.ka.n/re.i.shu) 日本酒（熱酒／冷酒）

ビール
bi.i.ru
啤酒

生ビール（中／大ジョッキ）
na.ma.bi.i.ru (chu.u / da.i.jo.k.ki)
生啤酒（中杯／大杯）

焼酎（お湯割り／水割り）
sho.o.chu.u(o.yu.wa.ri / mi.zu.wa.ri)
燒酒（熱開水稀釋／冷開水稀釋）

ハイボール
ha.i.bo.o.ru
威士忌調酒

酎ハイ
chu.u.ha.i
燒酒調酒

ライムハイ
ra.i.mu.ha.i
萊姆調酒

ウーロンハイ
u.u.ro.n.ha.i
烏龍茶調酒

梅酒
u.me.shu
梅酒

カクテル
ka.ku.te.ru
雞尾酒

杏酒
a.n.zu.shu
杏桃酒

ウィスキー
u.i.su.ki.i
威士忌

ブランデー
bu.ra.n.de.e
白蘭地

サワー（お酒＋果物）
sa.wa.a (o.sa.ke ＋ ku.da.mo.no)
沙瓦（酒精類＋水果）

巨峰サワー
kyo.ho.o.sa.wa.a
葡萄沙瓦

カルピスサワー
ka.ru.pi.su.sa.wa.a
可爾必思沙瓦

地ビール
ji.bi.i.ru
當地啤酒廠所釀造的啤酒

ワイン（赤ワイン／白ワイン）
wa.i.n(a.ka.wa.i.n／shi.ro.wa.i.n)
葡萄酒（紅酒／白酒）

ワインを買って来た。

いらっしゃい。

野菜
ya.sa.i
蔬菜

ピーマン
pi.i.ma.n
青椒

人参
ni.n.ji.n
紅蘿蔔

玉葱
ta.ma.ne.gi
洋蔥

ジャガイモ／ポテト
ja.ga.i.mo／po.te.to
馬鈴薯

トマト
to.ma.to
蕃茄

とうもろこし／コーン
to.o.mo.ro.ko.shi／ko.o.n
玉米

セロリ
se.ro.ri
芹菜

豆
ma.me
豆子

キュウリ
kyu.u.ri
小黃瓜

キャベツ
kya.be.tsu
高麗菜

かぼちゃ
ka.bo.cha
南瓜

ほうれん草
ho.o.re.n.so.o
菠菜

レタス
re.ta.su
萵苣

マッシュルーム
ma.s.shu.ru.u.mu
蘑菇

マツタケ
ma.tsu.ta.ke
松茸

椎茸
shi.i.ta.ke
香菇

カリフラワー
ka.ri.fu.ra.wa.a
花椰菜

ブロッコリー bu.ro.k.ko.ri.i 緑花椰菜	アスパラガス a.su.pa.ra.ga.su 蘆筍	しょう が 生姜 sho.o.ga 薑

ニンニク ni.n.ni.ku 蒜頭	もやし mo.ya.shi 豆芽菜	オクラ o.ku.ra 秋葵	やまいも ya.ma.i.mo 山藥

レンコン re.n.ko.n 蓮藕	ごぼう go.bo.o 牛蒡	にがうり 苦瓜 ni.ga.u.ri 苦瓜	たけのこ 筍 ta.ke.no.ko 竹筍

なす 茄子 na.su 茄子

今日は野菜を
いっぱい
買いました。

くだもの 果物 ku.da.mo.no 水果	みかん mi.ka.n 橘子	レモン re.mo.n 檸檬

オレンジ o.re.n.ji 柳橙	りん ご 林檎 ri.n.go 蘋果	ぶどう bu.do.o 葡萄

苺 i.chi.go 草莓	桃／ピーチ mo.mo／pi.i.chi 桃子	柿 ka.ki 柿子

グレープフルーツ gu.re.e.pu.fu.ru.u.tsu 葡萄柚	バナナ ba.na.na 香蕉

メロン me.ro.n 哈密瓜	パパイヤ pa.pa.i.ya 木瓜	西瓜 su.i.ka 西瓜	マンゴー ma.n.go.o 芒果

キウイ ki.u.i 奇異果	梅 u.me 梅子	すもも su.mo.mo 李子	杏 a.n.zu 杏桃

梨 na.shi 梨子	さくらんぼ／チェリー sa.ku.ra.n.bo／che.ri.i 櫻桃

アメリカンチェリー a.me.ri.ka.n.che.ri.i 美國櫻桃	パイナップル pa.i.na.p.pu.ru 鳳梨

無花果 i.chi.ji.ku 無花果	

ぼくは果物が
きらい！

わたしは
果物が
だいすき！

| 肉
ni.ku
肉 | 牛肉／ビーフ
gyu.u.ni.ku／bi.i.fu
牛肉 | ロース
ro.o.su
菲力 |

| カルビ
ka.ru.bi
牛五花 | ハラミ
ha.ra.mi
胸腹肉 | 牛タン
gyu.u.ta.n
牛舌 |

わたしはハムに
なりたくない！

| 牛アキレス腱
gyu.u.a.ki.re.su.ke.n
牛腱 | 豚肉／ポーク
bu.ta.ni.ku／po.o.ku
豬肉 | 豚とろ
bu.ta.to.ro
松阪豬 |

| 豚ヒレ
bu.ta.hi.re
里肌 | 豚もも
bu.ta.mo.mo
大腿肉 | ハム
ha.mu
火腿 | ベーコン
be.e.ko.n
培根 |

| 豚タン
bu.ta.ta.n
豬舌 | 豚バラ
bu.ta.ba.ra
豬五花 | 鶏肉／チキン
to.ri.ni.ku／chi.ki.n
雞肉 |

| ささみ
sa.sa.mi
雞胸肉 | 鶏モモ
to.ri.mo.mo
雞腿 | 手羽先
te.ba.sa.ki
雞翅 | 鴨肉
ka.mo.ni.ku
鴨肉 |

| レバー
re.ba.a
肝 | ホルモン
ho.ru.mo.n
內臟 | 挽き肉
hi.ki.ni.ku
絞肉 | 合挽
a.i.bi.ki
豬、牛絞肉 |

かいせん ぎょかいるい 海鮮／魚介類 ka.i.se.n／gyo.ka.i.ru.i 海鮮、海產	さかな 魚 sa.ka.na 魚	いわし 鰯 i.wa.shi 沙丁魚	さけ 鮭 sa.ke 鮭魚

あじ 鯵 a.ji 竹筴魚	まぐろ おお ちゅう 鮪(大トロ／中トロ) ma.gu.ro (o.o.to.ro／chu.u.to.ro) 鮪魚(大肚／中肚)	かつお 鰹 ka.tsu.o 鰹魚

たら 鱈 ta.ra 鱈魚	ひらめ 平目 hi.ra.me 比目魚	さんま 秋刀魚 sa.n.ma 秋刀魚	たい 鯛 ta.i 鯛魚	さば sa.ba 鯖魚

うなぎ 鰻 u.na.gi 鰻魚	ぶり bu.ri 青魽魚	ふぐ fu.gu 河豚	いか 烏賊 i.ka 烏賊、墨魚	タコ ta.ko 章魚

えび 海老 e.bi 蝦子	ウニ u.ni 海膽	かに 蟹 ka.ni 螃蟹	い せ えび 伊勢海老 i.se.e.bi 龍蝦

かき 牡蠣 ka.ki 牡蠣	あさり 浅蜊 a.sa.ri 蛤蜊	しじみ 蜆 shi.ji.mi 蜆	あかがい 赤貝 a.ka.ga.i 赤貝	ほたて ho.ta.te 干貝

ほ たてがい 帆立貝 ho.ta.te.ga.i 海扇貝	いくら i.ku.ra 鮭魚卵	たらこ／明太子 ta.ra.ko／me.n.ta.i.ko 鱈魚卵／明太子	かずのこ ka.zu.no.ko 鯡魚卵

トビコ	ムール貝	とりがい	海苔^{のり}	ワカメ
to.bi.ko	mu.u.ru.ga.i	to.ri.ga.i	no.ri	wa.ka.me
飛魚卵	淡菜	鳥尾蛤	海苔	裙帶菜

昆布^{こんぶ}	海葡萄^{うみぶどう}
ko.n.bu	u.mi.bu.do.o
海帶	海葡萄

海味

鰹節^{かつおぶし}	桜えび^{さくら}	塩干魚^{えんかんぎょ}	イカ干し^ほ
ka.tsu.o.bu.shi	sa.ku.ra.e.bi	e.n.ka.n.gyo	i.ka.bo.shi
柴魚片	櫻花蝦	鹹魚乾	魷魚乾

調味料

調味料^{ちょうみりょう}	塩^{しお}	砂糖^{さとう}／シュガー
cho.o.mi.ryo.o	shi.o	sa.to.o／shu.ga.a
調味料	鹽	砂糖

黒砂糖^{くろざとう}	醤油^{しょうゆ}	ソース	味噌^{みそ}	酢^す
ku.ro.za.to.o	sho.o.yu	so.o.su	mi.so	su
黑砂糖	醬油	醬汁	味噌	醋

| みりん
mi.ri.n
味醂 | オイスターソース
o.i.su.ta.a.so.o.su
蠔油 | ラー油
ra.a.yu
辣油 | タレ
ta.re
醬料 |
| ドレッシング
do.re.s.shi.n.gu
調味醬 | 山椒
sa.n.sho.o
山椒 | 胡椒
ko.sho.o
胡椒 | 唐辛子
to.o.ga.ra.shi
辣椒 |

唐辛子（一味／七味）
to.o.ga.ra.shi (i.chi.mi/shi.chi.mi)
辣椒粉（一味／七味）

チリソース
chi.ri.so.o.su
辣醬

| タバスコ
ta.ba.su.ko
TABASCO 辣椒醬 | ケチャップ
ke.cha.p.pu
蕃茄醬 | めんつゆ
me.n.tsu.yu
沾麵醬 |

| からし（マスタード）
ka.ra.shi(ma.su.ta.a.do)
芥末 | わさび
wa.sa.bi
山葵 | バター
ba.ta.a
奶油 | チーズ
chi.i.zu
起士 |
| スパイス
su.pa.i.su
香料 | 香辛料
ko.o.shi.n.ryo.o
辛香料 | ダシ
da.shi
高湯 | 油
a.bu.ra
油 | マヨネーズ
ma.yo.ne.e.zu
美乃滋 |

| ジャム
ja.mu
果醬 | ウスターソース
u.su.ta.a.so.o.su
烏斯特黑醋醬 | タルタルソース
ta.ru.ta.ru.so.o.su
塔塔醬 |

烹調方法

焼く ya.ku 烤	煮る ni.ru 煮	ゆでる yu.de.ru 川燙	揚げる a.ge.ru 炸	蒸す mu.su 蒸
炒める i.ta.me.ru 炒	炊く ta.ku 炊（飯）	刻む ki.za.mu 切碎	かき混ぜる ka.ki.ma.ze.ru 攪拌	

餐具・廚具

皿 sa.ra 盤子	小皿 ko.za.ra 小盤	大皿 o.o.za.ra 大盤	取皿 to.ri.za.ra 分食盤	
小鉢 ko.ba.chi 小碟	おわん o.wa.n 碗	茶わん cha.wa.n 飯碗	どんぶり do.n.bu.ri 碗公	お箸 o.ha.shi 筷子
箸置き ha.shi.o.ki 筷架	れんげ re.n.ge 湯匙		スプーン su.pu.u.n 湯匙	
ナイフ na.i.fu 刀	フォーク fo.o.ku 叉	急須 kyu.u.su 小茶壺	コップ ko.p.pu 杯子	湯呑 yu.no.mi 茶杯

ティーカップ	マグカップ	グラス
ti.i.ka.p.pu	ma.gu.ka.p.pu	gu.ra.su
茶杯	馬克杯	玻璃杯

ワイングラス	ジョッキ	コースター	楊枝
wa.i.n.gu.ra.su	jo.k.ki	ko.o.su.ta.a	よう じ yo.o.ji
紅酒杯	啤酒杯	杯墊	牙籤

おしぼり	しゃもじ	鍋	フライパン	お玉
o.shi.bo.ri	sha.mo.ji	なべ na.be	fu.ra.i.pa.n	たま o.ta.ma
濕紙巾	飯杓	鍋子	平底鍋	杓

フライ返し	包丁	まな板	ピーラー
がえ fu.ra.i.ga.e.shi	ほうちょう ho.o.cho.o	いた ma.na.i.ta	pi.i.ra.a
鍋鏟	菜刀	砧板	削皮刀

エッグスライサー	おろし器	すりこぎ
e.g.gu.su.ra.i.sa.a	き o.ro.shi.ki	su.ri.ko.gi
切蛋器	磨泥器	研磨棒

すり鉢	トレー	にんにく潰し	栓抜き
ばち su.ri.ba.chi	to.re.e	つぶ ni.n.ni.ku.tsu.bu.shi	せん ぬ se.n.nu.ki
研磨鉢	托盤	蒜泥器	開瓶器

缶切り	泡立て器
かん き ka.n.ki.ri	あわ だ き a.wa.da.te.ki
開罐器	打蛋器

手伝いましょう！

ありがとう！

042

お休みはいつ
ですか？

商店・逛街

尋找商店

1 いい店を知っていますか。
i.i.mi.se.o.shi.t.te.i.ma.su.ka

你知道哪裡有不錯的店嗎？

2 あの店に日用品は売っていますか。
a.no.mi.se.ni.ni.chi.yo.o.hi.n.wa.u.t.te.i.ma.su.ka

那家店有賣日用品嗎？

3 お休みはいつですか。
o.ya.su.mi.wa.i.tsu.de.su.ka

請問公休日是什麼時候？

顧客與店員的對話

會話 ❶

いらっしゃいませ。
i.ra.s.sha.i.ma.se

歡迎光臨。

何をお探しですか。
na.ni.o.o.sa.ga.shi.de.su.ka

請問要找什麼？

歯ブラシはありますか。
ha.bu.ra.shi.wa.a.ri.ma.su.ka

有牙刷嗎？

會話 ❷

正露丸をください。
se.i.ro.ga.n.o.ku.da.sa.i

請給我正露丸。

申し訳ありません、売り切れです。
mo.o.shi.wa.ke.a.ri.ma.se.n、u.ri.ki.re.de.su

非常抱歉，剛好賣完了。

英語の分かる店員さんはいますか。　請問有會說英文
えいご　わ　　　　てんいん
e.i.go.no.wa.ka.ru.te.n.i.n.sa.n.　的店員嗎？
wa.i.ma.su.ka

少々 お待ちください。　　　　　　請稍等一下。
しょうしょう　ま
sho.o.sho.o.o.ma.chi.ku.da.sa.i

ご予算は。　　　　　　　　　　　請問你預算多少？
よ　さん
go.yo.sa.n.wa

一万円以内です。　　　　　　　　一萬元以內。
いちまんえん　いない
i.chi.ma.n.e.n.i.na.i.de.su

詢問店員

1 何に使うのですか。　　　　　　　這是做什麼用的？
なに　　つか
na.ni.ni.tsu.ka.u.no.de.su.ka

2 使い方を教えてください。　　　　請告訴我如何使用。
つか　かた　おし
tsu.ka.i.ka.ta.o.o.shi.e.te.ku.da.sa.i

3 それは何で出来ているのですか。　那是用什麼做的？
なに　でき
so.re.wa.na.ni.de.de.ki.te.i.ru.no.de.su.ka

4 なんの革ですか。　　　　　　　　是什麼皮革呢？
かわ
na.n.no.ka.wa.de.su.ka

5 これは防水ですか。　　　　　　　這有防水嗎？
ぼうすい
ko.re.wa.bo.o.su.i.de.su.ka

6 台湾で使えますか。　　　　　　　在台灣可以用嗎？
たいわん　つか
ta.i.wa.n.de.tsu.ka.e.ma.su.ka

要求店員

1 他のものも見せてください。
ho.ka.no.mo.no.mo.mi.se.te.ku.da.sa.i
請給我看看其他的。

2 もっと質のよいものはありませんか。
mo.t.to.shi.tsu.no.yo.i.mo.no.wa.
a.ri.ma.se.n.ka
有沒有質料更好的？

3 ほかの色のはありませんか。
ho.ka.no.i.ro.no.wa.a.ri.ma.se.n.ka
有沒有其他顏色？

關於尺寸

1 サイズをはかっていただけますか。
sa.i.zu.o.ha.ka.t.te.i.ta.da.ke.ma.su.ka
可以幫我量一下
尺寸嗎？

2 このコートを試着してもいいですか。
ko.no.ko.o.to.o.shi.cha.ku.shi.te.mo.
i.i.de.su.ka
我可以試穿一下
這件外套嗎？

3 これは大きすぎます。／
小さすぎます。
ko.re.wa.o.o.ki.su.gi.ma.su／
chi.i.sa.su.gi.ma.su
這件太大了。
太小了。

4 もっと大きい／小さいのは
ありませんか。
mo.t.to.o.o.ki.i／chi.i.sa.i.no.wa.
a.ri.ma.se.n.ka
有沒有大一點
小一點的呢？

5 ズボンの丈を直してもらえますか。
zu.bo.n.no.ta.ke.o.na.o.shi.te.
mo.ra.e.ma.su.ka
可以幫我改褲子
的長度嗎？

6 もう少し短くしてください。
mo.o.su.ko.shi.mi.ji.ka.ku.shi.te.
ku.da.sa.i
請再幫我改短一點。

詢問價錢

043

1 これはいくらですか。
ko.re.wa.i.ku.ra.de.su.ka

這多少錢？

2 全部_ぶでいくらですか。
ze.n.bu.de.i.ku.ra.de.su.ka

全部共多少錢？

3 これは値引_{ねび}きしてありますか。
ko.re.wa.ne.bi.ki.shi.te.a.ri.ma.su.ka

這個有打折嗎？

4 高_{たか}すぎます。
ta.ka.su.gi.ma.su

太貴了。

5 値引_{ねび}きしてもらえませんか。
ne.bi.ki.shi.te.mo.ra.e.ma.se.n.ka

可以幫我打個折嗎？

6 もっと安_{やす}いものはありませんか。
mo.t.to.ya.su.i.mo.no.wa.a.ri.ma.se.n.ka

有沒有更便宜的呢？

下決定

1 これを下_{くだ}さい。
ko.re.o.ku.da.sa.i

請給我這個。

2 これをとっておいてもらえますか。
ko.re.o.to.t.te.o.i.te.mo.ra.e.ma.su.ka

這件能幫我保留嗎？

3 あとで買_かいに来_きます。
a.to.de.ka.i.ni.ki.ma.su

我等一下再來買。

4 少_{すこ}し考_{かんが}えてみます。
su.ko.shi.ka.n.ga.e.te.mi.ma.su

我考慮一下。

5 まだ決_きめていません。
ma.da.ki.me.te.i.ma.se.n

我還沒有決定。

6 見_みているだけです。
mi.te.i.ru.da.ke.de.su

我只是看看。

お決まりですか。
o.ki.ma.ri.de.su.ka

決定好了嗎？

まだ考え中です。
ma.da.ka.n.ga.e.chu.u.de.su

我還在考慮。

結帳

1 クレジットカードは使えますか。
ku.re.ji.t.to.ka.a.do.wa.tsu.ka.e.ma.su.ka

可以用信用卡付帳嗎？

2 レシートをいただけますか。
re.shi.i.to.o.i.ta.da.ke.ma.su.ka

可以給我發票嗎？

3 領収書をいただけますか。
ryo.o.shu.u.sho.o.i.ta.da.ke.ma.su.ka

可以給我收據嗎？

會話

カードでお願いします。
ka.a.do.de.o.ne.ga.i.shi.ma.su

麻煩你，我要刷卡。

かしこまりました。
ka.shi.ko.ma.ri.ma.shi.ta

好的。

運送

1 これを自宅へ届けてください。
ko.re.o.ji.ta.ku.e.to.do.ke.te.ku.da.sa.i

請幫我把這個送到我家。

2 これを私の家まで送ってもらえますか。
ko.re.o.wa.ta.shi.no.i.e.ma.de.
o.ku.t.te.mo.ra.e.ma.su.ka

可以幫我把這個送到我家嗎？

3 この住所に送ってください。
ko.no.ju.u.sho.ni.o.ku.t.te.ku.da.sa.i

請幫我送到這個地址。

4 送料はかかりますか。
so.o.ryo.o.wa.ka.ka.ri.ma.su.ka

需要付運費嗎？

5 取り付けてもらえますか。／
セットしてもらえますか。
to.ri.tsu.ke.te.mo.ra.e.ma.su.ka／
se.t.to.shi.te.mo.ra.e.ma.su.ka

能不能幫我安裝？

6 いつごろ届きますか。
i.tsu.go.ro.to.do.ki.ma.su.ka

什麼時候可以送到？

修理

1 故障しました。
ko.sho.o.shi.ma.shi.ta

故障了。

2 修理してください。／直してください。
shu.u.ri.shi.te.ku.da.sa.i／
na.o.shi.te.ku.da.sa.i

請幫我修好。

3 いつできますか。
i.tsu.de.ki.ma.su.ka

什麼時候會好？

4 明日までに直りますか。
a.shi.ta.ma.de.ni.na.o.ri.ma.su.ka

明天前會好嗎？

5 いくらかかりますか。
i.ku.ra.ka.ka.ri.ma.su.ka

要多少錢呢？

會話

どうして壊れたのですか。
do.o.shi.te.ko.wa.re.ta.no.de.su.ka

怎麼會壞掉呢？

落としてしまいました。
o.to.shi.te.shi.ma.i.ma.shi.ta

不小心掉到地上了。

各類商店

デパート de.pa.a.to 百貨公司	スーパーマーケット(スーパー) su.u.pa.a.ma.a.ke.t.to(su.u.pa.a) 超市	めんぜいひんてん 免税品店 me.n.ze.i.hi.n.te.n 免税商店

コンビニエンスストア(コンビニ) ko.n.bi.ni.e.n.su.su.to.a(ko.n.bi.ni) 便利商店	りょうはんてん 量販店 ryo.o.ha.n.te.n 量販店

ひゃく えん 100 円ショップ hya.ku.e.n.sho.p.pu 百圓商店	アウトレットショップ a.u.to.re.t.to.sho.p.pu OUTLET 過季商品店

ふる ぎ や 古着屋 fu.ru.gi.ya 二手服飾店	くつ や 靴屋 ku.tsu.ya 鞋店	コスメショップ ko.su.me.sho.p.pu 藥妝店

くすり や　　やっきょく 薬屋／薬局 ku.su.ri.ya／ya.k.kyo.ku 藥局	ドラッグストア do.ra.g.gu.su.to.a 藥妝店

ほん や 本屋 ho.n.ya 書店	CD ショップ shi.i.di.i.sho.p.pu 唱片行	でん き や 電気屋 de.n.ki.ya 電器行	ぶん ぼう ぐ や 文房具屋 bu.n.bo.o.gu.ya 文具店

おもちゃ屋 o.mo.cha.ya 玩具店	インテリアショップ i.n.te.ri.a.sho.p.pu 家飾用品店

雑貨屋 za.k.ka.ya 生活雑貨店	床屋 to.ko.ya 理髪店	美容院 bi.yo.o.i.n 美髮院	花屋 ha.na.ya 花店

駄菓子屋 da.ga.shi.ya 懷舊菓子店	民芸品店 mi.n.ge.i.hi.n.te.n 民俗藝品店	茶舗 cha.ho 茶行

酒屋 sa.ka.ya 酒類專賣店	食器店 sho.k.ki.te.n 餐具店	ペットショップ pe.t.to.sho.p.pu 寵物店

ファーストフード店 fa.a.su.to.fu.u.do.te.n 速食店	八百屋 ya.o.ya 蔬菜店

魚屋 sa.ka.na.ya 魚舗	パン屋 pa.n.ya 麵包店	肉屋 ni.ku.ya 肉舗

上着／トップス u.wa.gi／to.p.pu.su 上衣、上衣類	Tシャツ ti.i.sha.tsu T恤	カットソー ka.t.to.so.o 短袖T恤
パーカ pa.a.ka 連帽上衣	ブラウス bu.ra.u.su 女用襯衫	シャツ sha.tsu 襯衫
ポロシャツ po.ro.sha.tsu Polo衫	ワイシャツ wa.i.sha.tsu 西裝白襯衫	スーツ／背広 su.u.tsu／se.bi.ro 西裝
スポーツウェア su.po.o.tsu.we.a 運動服	セーター se.e.ta.a 毛衣	カーディガン ka.a.di.ga.n 開襟毛衣
ワンピース wa.n.pi.i.su 連身裙	ドレス do.re.su 洋裝	コート ko.o.to 外套
コットンジャケット ko.t.to.n.ja.ke.t.to 棉質外套	トレンチコート to.re.n.chi.ko.o.to 風衣外套	ライダース ra.i.da.a.su 騎士外套
ジャンパー ja.n.pa.a 夾克	ピーコート pi.i.ko.o.to 雙排釦外套	ポンチョ po.n.cho 斗篷

ボトムス bo.to.mu.su **下身類**	ズボン／パンツ zu.bo.n／pa.n.tsu **褲子**	ジーパン ji.i.pa.n **牛仔褲**
デニムスカート de.ni.mu.su.ka.a.to **牛仔裙**	ショートパンツ sho.o.to.pa.n.tsu **短褲**	スカート su.ka.a.to **裙子**
キャミソール kya.mi.so.o.ru **細肩帶**	タンクトップ ta.n.ku.to.p.pu **坦克背心**	ベスト be.su.to **背心**
下着 shi.ta.gi **貼身衣物**	パンティー pa.n.ti.i **內褲**	ブラジャー bu.ra.ja.a **胸罩**
機能性肌着 ki.no.o.se.i.ha.da.gi **溫調內衣**	発熱保温ウェア ha.tsu.ne.tsu.ho.o.n.we.a **發熱衣**	冷感ウェアー re.i.ka.n.we.a.a **涼感衣**
着物 ki.mo.no **和服**	浴衣 yu.ka.ta **浴衣**	ボタン bo.ta.n **釦子**
リボン ri.bo.n **蝴蝶結**	チャック／ジッパー cha.k.ku／ji.p.pa.a **拉鍊**	

紳士用／紳士服
shi.n.shi.yo.o／shi.n.shi.fu.ku
男裝

婦人用／婦人服
fu.ji.n.yo.o／fu.ji.n.fu.ku
女裝

子供用／子供服
ko.do.mo.yo.o／ko.do.mo.fu.ku
童裝

ベビー服
be.bi.i.fu.ku
嬰兒服

古着
fu.ru.gi
二手服飾

重ね着
ka.sa.ne.gi
多層次穿搭

通勤服
tsu.u.ki.n.fu.ku
通勤裝

ギャル系
gya.ru.ke.i
辣妹風

山ガール系
ya.ma.ga.a.ru.ke.i
登山女孩風（山 GIRL）

森ガール系
mo.ri.ga.a.ru.ke.i
森林女孩風（森 GIRL）

ナチュラル系
na.chu.ra.ru.ke.i
自然風

ファッションスタイル
fa.s.sho.n.su.ta.i.ru
流行風格

アウトドア系
a.u.to.do.a.ke.i
戶外休閒風

アメカジ
a.me.ka.ji
美式休閒風

カジュアル系
ka.ju.a.ru.ke.i
休閒風

ロック系
ro.k.ku.ke.i
搖滾風

モード
mo.o.do
摩登風

ロックが
大好き！

無地
mu.ji
素面

柄／模様
ga.ra／mo.yo.o
花紋

チェック
che.k.ku
格紋

タータンチェック
ta.a.ta.n.che.k.ku
方格紋

水玉模様
mi.zu.ta.ma.mo.yo.o
圓點

ボーダー
bo.o.da.a
條紋

プリント柄
pu.ri.n.to.ga.ra
印花紋

花柄
ha.na.ga.ra
碎花紋

動物柄
do.o.bu.tsu.ga.ra
動物花紋

幾何学柄
ki.ka.ga.ku.ga.ra
幾何學花紋

総柄
so.o.ga.ra
滿版圖案

ピンストライプ
pi.n.su.to.ra.i.pu
細條紋

ノルディック柄
no.ru.di.k.ku.ga.ra
北歐花紋

千鳥
chi.do.ri
千鳥格紋樣

スカーフ	ネクタイ	マフラー	スヌード
su.ka.a.fu	ne.ku.ta.i	ma.fu.ra.a	su.nu.u.do
領巾	領帶	圍巾	頸圍

ストール	パジャマ	レギンス	メガネ
su.to.o.ru	pa.ja.ma	re.gi.n.su	me.ga.ne
披肩	睡衣	內搭褲	眼鏡

手袋	水着	靴下／ソックス
te.bu.ku.ro	mi.zu.gi	ku.tsu.shi.ta／so.k.ku.su
手套	泳裝	襪子

ストッキング	靴	ブーツ	下駄
su.to.k.ki.n.gu	ku.tsu	bu.u.tsu	ge.ta
絲襪	鞋子	靴子	木屐

ハイヒール	スニーカー
ha.i.hi.i.ru	su.ni.i.ka.a
高跟鞋	休閒鞋

サンダル	ミュール	帽子
sa.n.da.ru	myu.u.ru	bo.o.shi
涼鞋	拖鞋式涼鞋	帽子

うれしい！
ありがとう！

そのマフラー
とても君に
似合うよ！

布料・素材 🔊 046

棉 （めん） me.n 棉	絹／シルク （きぬ） ki.nu／shi.ru.ku 絲綢	麻 （あさ） a.sa 麻	羊毛／ウール （ようもう） yo.o.mo.o／u.u.ru 羊毛
ポリエステル po.ri.e.su.te.ru 聚酯	カシミヤ ka.shi.mi.ya 喀什米爾	ファー fa.a 皮草	レザー re.za.a 皮革
メタリック me.ta.ri.k.ku 金屬感布料	ラメ ra.me 金蔥	レース re.e.su 蕾絲	リネン ri.ne.n 亞麻
リベット ri.be.t.to 鉚釘			

このワンピース
全部シルクで
作ったのよ！

衣袖・衣領

袖 （そで） so.de 袖子	半袖 （はんそで） ha.n.so.de 半袖	長袖 （ながそで） na.ga.so.de 長袖	七分袖 （しちぶそで） shi.chi.bu.so.de 七分袖
五分丈 （ごぶたけ） go.bu.ta.ke 五分長	衿 （えり） e.ri 領子	裾 （すそ） su.so 衣服下襬	袖が長すぎ るよ！

飾品

<table>
<tr>
<td>
アクセサリー
a.ku.se.sa.ri.i
飾品
</td>
<td>
ゆびわ
指輪／リング
yu.bi.wa／ri.n.gu
戒指
</td>
<td>
ほうせき
宝石／ジュエリー
ho.o.se.ki／ju.e.ri.i
寶石
</td>
</tr>
<tr>
<td>
しんじゅ
真珠／パール
shin.ju／paa.ru
珍珠
</td>
<td>
イヤリング
i.ya.ri.n.gu
耳環
</td>
<td>
ピアス
pi.a.su
穿孔耳環
</td>
<td>
ブレスレット
bu.re.su.re.t.to
手環
</td>
</tr>
<tr>
<td>
ネックレス
ne.k.ku.re.su
項鍊
</td>
<td>
ブローチ
bu.ro.o.chi
胸針
</td>
<td>
ペンダント
pe.n.da.n.to
垂墜式項鍊
</td>
</tr>
<tr>
<td>
タイピン
ta.i.pi.n
領帶夾
</td>
<td>
メガネ／グラス
me.ga.ne／gu.ra.su
眼鏡
</td>
<td>
サングラス
sa.n.gu.ra.su
太陽眼鏡
</td>
</tr>
<tr>
<td>
ハンドバッグ
ha.n.do.ba.g.gu
手提包
</td>
<td>
カチューシャ
ka.chu.u.sha
頭箍
</td>
<td>
シュシュ
shu.shu
髮束
</td>
</tr>
<tr>
<td>
ヘアゴム
he.a.go.mu
髮圈
</td>
<td>
ヘアバンド
he.a.ba.n.do
髮帶
</td>
<td>
ヘアピン
he.a.pi.n
髮夾
</td>
</tr>
</table>

ネックレスを
買いたいな…

パソコン
pa.so.ko.n
電腦

タブレットパソコン
ta.bu.re.t.to.pa.so.ko.n
平板電腦

液晶モニター (えきしょう)
e.ki.sho.o.mo.ni.ta.a
液晶螢幕

プリンター
pu.ri.n.ta.a
印表機

テレビ
te.re.bi
電視

ビデオデッキ
bi.de.o.de.k.ki
錄影機

スピーカー
su.pi.i.ka.a
音響

ラジカセ
ra.ji.ka.se
手提音響

レコード
re.ko.o.do
唱片

炊飯器 (すいはんき)
su.i.ha.n.ki
電鍋

ホームベーカリー
ho.o.mu.be.e.ka.ri.i
製麵包機

トースター
to.o.su.ta.a
烤麵包機

ポット
po.t.to
熱水瓶

ミキサー
mi.ki.sa.a
果汁機

電子レンジ (でんし)
de.n.shi.re.n.ji
微波爐

オーブン
o.o.bu.n
烤箱

冷蔵庫 (れいぞうこ)
re.i.zo.o.ko
冰箱

乾燥機 (かんそうき)
ka.n.so.o.ki
烘衣機

食器洗い機 (しょっきあらき)
sho.k.ki.a.ra.i.ki
洗碗機

洗濯機 se.n.ta.ku.ki 洗衣機	アイロン a.i.ro.n 熨斗	掃除機 so.o.ji.ki 吸塵器	ミシン mi.shi.n 縫紉機
ドライヤー do.ra.i.ya.a 吹風機	クーラー ku.u.ra.a 冷氣	エアコン e.a.ko.n 空調	ヒーター hi.i.ta.a 暖氣裝置

こたつ ko.ta.tsu 暖桌	扇風機 se.n.pu.u.ki 電風扇	加湿器 ka.shi.tsu.ki 加濕器

除湿乾燥機 jo.shi.tsu.ka.n.so.o.ki 除濕機	ホットカーペット ho.t.to.ka.a.pe.t.to 電熱毯

電話機 de.n.wa.ki 電話	ファックス fa.k.ku.su 傳真機	イヤホン i.ya.ho.n 耳機

ヘッドホーン he.d.do.ho.o.n 耳罩式耳機	マイク ma.i.ku 麥克風	電卓 de.n.ta.ku 計算機	充電器 ju.u.de.n.ki 充電器

電池／乾電池 de.n.chi／ka.n.de.n.chi 電池／乾電池	カーナビ ka.a.na.bi 汽車導航系統

携帯電話 ke.i.ta.i.de.n.wa 手機	スマートフォン su.ma.a.to.fo.n 智慧型手機	タッチパネル ta.c.chi.pa.ne.ru 觸碰式面板
ストラップ su.to.ra.p.pu 手機吊飾	スマホケース su.ma.ho.ke.e.su 手機殼	画面保護シート ga.me.n.ho.go.shi.i.to 螢幕保護貼

着信音 cha.ku.shi.n.o.n 來電鈴聲	着信メロディー(着メロ) cha.ku.shi.n.me.ro.di.i(cha.ku.me.ro) 來電音樂

マナーモード ma.na.a.mo.o.do 靜音	受話音量 ju.wa.o.n.ryo.o 接聽音量	着信音量 cha.ku.shi.n.o.n.ryo.o 來電音量
ダイヤルロック da.i.ya.ru.ro.k.ku 按鍵鎖	ロック解除 ro.k.ku.ka.i.jo 解鎖	暗証番号 a.n.sho.o.ba.n.go.o 密碼

留守録 ru.su.ro.ku 語音信箱	待ち受け画面 ma.chi.u.ke.ga.me.n 待機畫面

壁紙 ka.be.ga.mi 桌面	圏外 ke.n.ga.i 沒訊號	Wi-Fi wa.i.fa.i 無線網路

鐘錶

時計 と けい to.ke.i 時鐘	腕時計 うで ど けい u.de.do.ke.i 手錶	掛け時計 か ど けい ka.ke.do.ke.i 掛鐘
置時計 おき ど けい o.ki.do.ke.i 座鐘	目覚まし時計 め ざ ど けい me.za.ma.shi.do.ke.i 鬧鐘	アナログ a.na.ro.gu 指針式手錶	デジタル de.ji.ta.ru 電子錶

相機相關

カメラ ka.me.ra 相機	デジタルカメラ（デジカメ） de.ji.ta.ru.ka.me.ra(de.ji.ka.me) 數位相機

トイカメラ to.i.ka.me.ra 玩具照相機	フィルム fi.ru.mu 底片	レンズ re.n.zu 鏡頭	フラッシュ fu.ra.s.shu 閃光燈
ズーム zu.u.mu 焦距	手ブレ補正 て ほ せい te.bu.re.ho.se.i 防手震裝置	シャッター sha.t.ta.a 快門	現像 げんぞう ge.n.zo.o 沖洗
焼き増し や ま ya.ki.ma.shi 加洗	引き伸ばし ひ の hi.ki.no.ba.shi 放大的照片		

デジカメを
買ったよ！

メモリースティック	白黒フィルム	カラーフィルム
me.mo.ri.i.su.ti.k.ku	しろくろ shi.ro.ku.ro.fi.ru.mu	ka.ra.a.fi.ru.mu
記憶卡	黑白底片	彩色底片

ぼうしつ こ 防湿庫	ほ しょう き かん 保証 期間
bo.o.shi.tsu.ko	ho.sho.o.ki.ka.n
防潮箱	保固

化妆保養品

けしょうひん 化粧 品／コスメ	くちべに 口紅
ke.sho.o.hi.n／ko.su.me	ku.chi.be.ni
化妆品／保養品	口紅

リップクリーム	グロス	パウダー
ri.p.pu.ku.ri.i.mu	gu.ro.su	pa.u.da.a
護唇膏	唇蜜	蜜粉

ファンデーション	アイブロウ	アイシャドウ
fa.n.de.e.sho.n	a.i.bu.ro.o	a.i.sha.do.o
粉底	眉毛（彩妝）	眼影

アイライナー	マスカラ	チークカラー
a.i.ra.i.na.a	ma.su.ka.ra	chi.i.ku.ka.ra.a
眼線	睫毛膏	腮紅

化粧水／ローション ke.sho.o.su.i／ro.o.sho.n 化妝水	乳液 nyu.u.e.ki 乳液	クリーム ku.ri.i.mu 乳霜
ハンドクリーム ha.n.do.ku.ri.i.mu 護手霜	日焼け止め hi.ya.ke.do.me 防曬乳	マニキュア ma.ni.kyu.a 指甲油
ネイルリムーバー／除光液 ne.i.ru.ri.mu.u.ba.a／jo.ko.o.e.ki 去光水	コットン ko.t.to.n 化妝棉	スポンジ su.po.n.ji 化妝海綿
シェービングクリーム she.e.bi.n.gu.ku.ri.i.mu 脫毛膏	かみそり ka.mi.so.ri 剃刀	くし ku.shi 梳子
香水 ko.o.su.i 香水	ウィッグ wi.g.gu 假髮	つけ毛 tsu.ke.ge 假髮(小的)
シャンプー sha.n.pu.u 洗髮精	リンス ri.n.su 潤髮精	トリートメント to.ri.i.to.me.n.to 護髮乳
メイク落とし／クレンジング me.i.ku.o.to.shi／ku.re.n.ji.n.gu 卸妝乳	洗顔料 se.n.ga.n.ryo.o 洗臉用品	石鹸 se.k.ke.n 肥皂

文具 bu.n.gu 文具	鉛筆 e.n.pi.tsu 鉛筆	消しゴム ke.shi.go.mu 橡皮擦	ボールペン bo.o.ru.pe.n 原子筆
シャープペンシル(シャーペン) sha.a.pu.pe.n.shi.ru(sha.a.pe.n) 自動鉛筆	水性ペン su.i.se.i.pe.n 水性筆	油性ペン yu.se.i.pe.n 油性筆	
万年筆 ma.n.ne.n.hi.tsu 鋼筆	ラインマーカー ra.i.n.ma.a.ka.a 螢光筆	シャーペンの芯 sha.a.pe.n.no.shi.n 自動鉛筆芯	インク i.n.ku 墨水
修正液 shu.u.se.i.e.ki 立可白	修正テープ shu.u.se.i.te.e.pu 立可帶	はがき ha.ga.ki 明信片	絵葉書 e.ha.ga.ki 美術明信片
マスキングテープ ma.su.ki.n.gu.te.e.pu 紙膠帶	ポストイット po.su.to.i.t.to 便利貼	ノート no.o.to 筆記本	
封筒 fu.u.to.o 信封	便箋 bi.n.se.n 信紙	ファイル fa.i.ru 資料夾	定規 jo.o.gi 尺
鉛筆削り e.n.pi.tsu.ke.zu.ri 削鉛筆機	のり no.ri 漿糊		

定規を貸して！

はい。

本 ほん ho.n 書	雑誌 ざっし za.s.shi 雜誌	小説 しょうせつ sho.o.se.tsu 小說	洋書 ようしょ yo.o.sho 外文書
付録つき雑誌 ふろく ざっし fu.ro.ku.tsu.ki.za.s.shi 附贈品雜誌	ムック mu.k.ku 情報誌	地図／マップ ち ず chi.zu ／ ma.p.pu 地圖	
新聞 しんぶん shi.n.bu.n 報紙	古本 ふるほん fu.ru.ho.n 二手書	コミック ko.mi.k.ku 漫畫	電子書籍 でん し しょせき de.n.shi.sho.se.ki 電子書
写真集 しゃしんしゅう sha.shi.n.shu.u 攝影集	楽譜 がく ふ ga.ku.fu 樂譜	絵本 え ほん e.ho.n 繪本	図鑑 ず かん zu.ka.n 圖鑑
辞書 じしょ ji.sho 字典	英和辞典 えい わ じ てん e.i.wa.ji.te.n 英和字典	和英辞典 わ えい じ てん wa.e.i.ji.te.n 和英字典	百科事典 ひゃっ か じ てん hya.k.ka.ji.te.n 百科字典
オーディオブック o.o.di.o.bu.k.ku 有聲書	専門書 せんもんしょ se.n.mo.n.sho 專門書	洋雑誌 ようざっ し yo.o.za.s.shi 外文雜誌	文庫 ぶん こ bu.n.ko 文庫版
ハードカバー ha.a.do.ka.ba.a 精裝版	ポスター po.su.ta.a 海報		

私は本を
読むことが
すきです。

歯ブラシ
ha.bu.ra.shi
牙刷

歯磨き粉
ha.mi.ga.ki.ko
牙膏

電動歯ブラシ
de.n.do.o.ha.bu.ra.shi
電動牙刷

デンタルフロス
de.n.ta.ru.fu.ro.su
牙線

うがい薬
u.ga.i.gu.su.ri
漱口水

爪きり
tsu.me.ki.ri
指甲剪

タオル
ta.o.ru
毛巾

バスタオル
ba.su.ta.o.ru
浴巾

ハンカチ
ha.n.ka.chi
手帕

フェイスタオル
fe.i.su.ta.o.ru
小方巾

トイレットペーパー
to.i.re.t.to.pe.e.pa.a
衛生紙

ティッシュペーパー
ti.s.shu.pe.e.pa.a
面紙

ウエットティッシュ
u.e.t.to.ti.s.shu
濕紙巾

生理用品
se.i.ri.yo.o.hi.n
生理用品

絆創膏
ba.n.so.o.ko.o
OK繃

体温計
ta.i.o.n.ke.i
體溫計

傘
ka.sa
傘

洗剤
se.n.za.i
洗衣精

柔軟剤
ju.u.na.n.za.i
柔軟精

漂白剤
hyo.o.ha.ku.za.i
漂白水

洗濯バサミ
se.n.ta.ku.ba.sa.mi
曬衣夾

家具 ka.gu 家具	手づくり家具 te.zu.ku.ri.ka.gu 手工家具	テーブル te.e.bu.ru 餐桌	机 tsu.ku.e 桌子
コタツ ko.ta.tsu 暖桌	椅子 i.su 椅子	ソファー so.fa.a 沙發	ソファーベッド so.fa.a.be.t.do 沙發床
座布団 za.bu.to.n 坐墊	カーテン ka.a.te.n 窗簾	靴箱 ku.tsu.ba.ko 鞋櫃	食器棚 sho.k.ki.da.na 食器櫃
箪笥 ta.n.su 抽屜櫃	本棚 ho.n.da.na 書櫃	クローゼット ku.ro.o.ze.t.to 壁櫥	
衣装ケース i.sho.o.ke.e.su 衣櫃	鏡台 kyo.o.da.i 梳妝台	ドレッサー do.re.s.sa.a 梳妝台	ベッド be.d.do 床
二段ベッド ni.da.n.be.d.do 雙層床	布団 fu.to.n 棉被	枕 ma.ku.ra 枕頭	クッション ku.s.sho.n 抱枕
パソコンデスク pa.so.ko.n.de.su.ku 電腦桌		 カーテン	

紀念品・民藝品

かんざし ka.n.za.shi 髮簪	扇子（せん す） se.n.su 扇子	漆器（しっ き） shi.k.ki 漆器	刀（かたな） ka.ta.na 刀、劍
屏風（びょう ぶ） byo.o.bu 屏風	壷（つぼ） tsu.bo 壺、罈、罐	陶磁器（とう じ き） to.o.ji.ki 陶瓷器	竹製品（たけせいひん） ta.ke.se.i.hi.n 竹製品

足袋（たび） ta.bi 日式布襪	手拭い（て ぬぐ い） te.nu.gu.i 布手巾	折り紙（お がみ） o.ri.ga.mi 摺紙

タオル ta.o.ru 毛巾	ご当地フォルムカード（とう ち） go.to.o.chi.fo.ru.mu.ka.a.do 當地特色明信片	暖簾（の れん） no.re.n 布簾

凧（たこ） ta.ko 風箏	独楽（こま） ko.ma 陀螺	太鼓（たい こ） ta.i.ko 鼓

人形（にんぎょう） ni.n.gyo.o 娃娃、人偶	オルゴール o.ru.go.o.ru 音樂盒	和紙（わ し） wa.shi 日本紙

ねこ 猫 ne.ko 貓	犬 i.nu 狗	とり 鳥 to.ri 鳥	さかな 魚 sa.ka.na 魚
ウサギ u.sa.gi 兔子	りす ri.su 松鼠	かめ 亀 ka.me 烏龜	ハムスター ha.mu.su.ta.a 倉鼠
ミニブタ mi.ni.bu.ta 迷你豬	きんぎょ 金魚 ki.n.gyo 金魚	えさ e.sa 飼料	ねこ いぬかん 猫／犬缶 ne.ko／i.nu.ka.n 貓／狗罐頭
ケージ ke.e.ji 籠子	つめ 爪とぎ tsu.me.to.gi 貓抓板	ねこ 猫じゃらし ne.ko.ja.ra.shi 逗貓棒	リード ri.i.do 散步繩

花店

うめ 梅 u.me 梅花	ラン ra.n 蘭花	きく 菊 ki.ku 菊花	さくら 桜 sa.ku.ra 櫻花
あさがお 朝顔 a.sa.ga.o 牽牛花	ヒマワリ hi.ma.wa.ri 向日葵	カーネーション ka.a.ne.e.sho.n 康乃馨	チューリップ chu.u.ri.p.pu 鬱金香

水仙 su.i.se.n 水仙花	ツツジ tsu.tsu.ji 杜鵑花	パンジー pa.n.ji.i 三色菫	ヒナゲシ hi.na.ge.shi 麗春花
あじさい a.ji.sa.i 繡球花	牡丹 bo.ta.n 牡丹	椿 tsu.ba.ki 山茶花	ガーベラ ga.a.be.ra 非洲菊
ユリ yu.ri 百合	ラベンダー ra.be.n.da.a 薰衣草	ミズバショウ mi.zu.ba.sho.o 睡蓮	キキョウ ki.kyo.o 桔梗
ライラック ra.i.ra.k.ku 紫丁香花	キンモクセイ ki.n.mo.ku.se.i 金木犀（桂花）		こぶし ko.bu.shi 木蘭花
しゃくやく sha.ku.ya.ku 芍藥	アブラナ a.bu.ra.na 油菜花	サボテン sa.bo.te.n 仙人掌	ハーブ ha.a.bu 香草
多肉植物 ta.ni.ku.sho.ku.bu.tsu 多肉植物		観葉植物 ka.n.yo.o.sho.ku.bu.tsu 觀賞植物	
鉢物（花鉢／観葉） ha.chi.mo.no (ha.na.ba.chi/ka.n.yo.o) 盆栽（花盆／觀賞植物）		花束 ha.na.ta.ba 花束	

ここはなに口ですか?
J.本リ

交通

◆ 車站

🚉 在車站内

1 南口はどうやって行きますか。
mi.na.mi.gu.chi.wa.do.o.ya.t.te.i.ki.ma.su.ka

南出口要怎麼去呢?

2 時刻表はどこにありますか。
ji.ko.ku.hyo.o.wa.do.ko.ni.a.ri.ma.su.ka

哪裡有時刻表?

3 ここはなに口ですか。
ko.ko.wa.na.ni.gu.chi.de.su.ka

這裡是什麼出口?

🚉 詢問如何買票

1 切符売り場はどこですか。
ki.p.pu.u.ri.ba.wa.do.ko.de.su.ka

請問售票處在哪裡?

2 定期券はどこで買えますか。
te.i.ki.ke.n.wa.do.ko.de.ka.e.ma.su.ka

哪裡可以買到定
期車票?

3 この販売機の使い方を教えて
いただけませんか。
ko.no.ha.n.ba.i.ki.no.tsu.ka.i.ka.ta.o.
o.shi.e.te.i.ta.da.ke.ma.se.n.ka

能教我如何使用
這台售票機嗎?

4 京都までいくらかかりますか。
kyo.o.to.ma.de.i.ku.ra.ka.ka.ri.ma.su.ka

到京都要多少錢?

5 片道料金(往復料金)はいくら
ですか。
ka.ta.mi.chi.ryo.o.ki.n (o.o.fu.ku.ryo.o.ki.n)
wa.i.ku.ra.de.su.ka

單程票價(來回票價)
多少錢?

买票

會話

岡山までの切符を下さい。
o.ka.ya.ma.ma.de.no.ki.p.pu.o.ku.da.sa.i
我要買到岡山的車票。

何時発の列車ですか。
na.n.ji.ha.tsu.no.re.s.sha.de.su.ka
請問您要坐幾點的？

今日の18時5分です。
kyo.o.no.ju.u.ha.chi.ji.go.fu.n.de.su
今天下午六點五分。

片道ですか。
ka.ta.mi.chi.de.su.ka
單程嗎？

往復です。
o.o.fu.ku.de.su
來回的。

お一人様ですか。
o.hi.to.ri.sa.ma.de.su.ka
一位嗎？

二人です。
fu.ta.ri.de.su
兩位。

自由席ですか、指定席ですか。
ji.yu.u.se.ki.de.su.ka、
shi.te.i.se.ki.de.su.ka
請問要自由入座還是對號入座？

自由席でお願いします。
ji.yu.u.se.ki.de.o.ne.ga.i.shi.ma.su
自由入座就可以了。

一万二千円になります。
i.chi.ma.n.ni.se.n.e.n.ni.na.ri.ma.su
這樣是一萬兩千元。

* 日本的指定席票價較高，但確定有位子座。
  自由席雖然票價低，卻不一定有位子坐。

詢問目的地

1 倉敷へは次の駅でおりるのですか。
ku.ra.shi.ki.e.wa.tsu.gi.no.e.ki.de.
o.ri.ru.no.de.su.ka

倉敷在下一站下車嗎？

2 どこの駅でおりるのですか。
do.ko.no.e.ki.de.o.ri.ru.no.de.su.ka

要在哪一站下車呢？

會話❶

この地下鉄は皇居前に
停まりますか。
ko.no.chi.ka.te.tsu.wa.ko.o.kyo.
ma.e.ni.to.ma.ri.ma.su.ka

這班地下鐵有停皇居前嗎？

はい、停まります。
ha.i、to.ma.ri.ma.su

是的，有停。

會話❷

秋葉原に行きますか。
a.ki.ha.ba.ra.ni.i.ki.ma.su.ka

有到秋葉原嗎？

はい、行きますよ。
ha.i、i.ki.ma.su.yo

有的。

會話❸

いくつ目の駅ですか。
i.ku.tsu.me.no.e.ki.de.su.ka

第幾個車站呢？

3つ目の駅です。
mi.t.tsu.me.no.e.ki.de.su

第3個車站。

會話❹

😺 大阪城へ行くにはどの交通
機関が一番いいですか。
o.o.sa.ka.jo.o.e.i.ku.ni.wa.do.no
ko.o.tsu.u.ki.ka.n.ga.i.chi.ba.n.i.i.de.su.ka

到大阪城搭什麼
交通工具最方便?

😺 電車が一番速いですよ。
de.n.sha.ga.i.chi.ba.n.ha.ya.i.de.su.yo

搭電車最快喔!

會話❺

🐵 バスとタクシーではどちら
がいいですか。
ba.su.to.ta.ku.shi.i.de.wa.
do.chi.ra.ga.i.i.de.su.ka

巴士和計程車,
搭哪一種好呢?

🐵 バスは時間がかかるので、
タクシーがいいですよ。
ba.su.wa.ji.ka.n.ga.ka.ka.ru.no.de、
ta.ku.shi.i.ga.i.i.de.su.yo

坐巴士很花時間,
還是計程車好喔!

🌿 **詢問如何換車**

1 甲子園へ行くにはどこで乗り換
えればいいですか。
ko.o.shi.e.n.e.i.ku.ni.wa.do.ko.de.
no.ri.ka.e.re.ba.i.i.de.su.ka

到甲子園要在哪
邊換車?

會話

🐵 どこで乗り換えるのか教えて
いただけませんか。
do.ko.de.no.ri.ka.e.ru.no.ka.
o.shi.e.te.i.ta.da.ke.ma.se.n.ka

能告訴我要在哪
邊換車嗎?

🐵 次の次です。
tsu.gi.no.tsu.gi.de.su

在下下站換。

搭車前

1 神戸へは何番線に乗ればいいですか。
ko.o.be.e.wa.na.n.ba.n.se.n.ni.
no.re.ba.i.i.de.su.ka

到神戸要坐幾號線？

2 これは名古屋行きですか。
ko.re.wa.na.go.ya.yu.ki.de.su.ka

這是開往名古屋
的嗎？

3 何時に金沢到着ですか。／
着きますか。
na.n.ji.ni.ka.na.za.wa.to.o.cha.ku.
de.su.ka／tsu.ki.ma.su.ka

幾點會到金澤？

4 次の富士山行きは何時に出ますか。
tsu.gi.no.fu.ji.sa.n.yu.ki.wa.na.n.ji.ni.
de.ma.su.ka

下一班往富士山
的車幾點開？

5 静岡行きの新幹線は何時発ですか。
shi.zu.o.ka.yu.ki.no.shi.n.ka.n.se.n.wa.
na.n.ji.ha.tsu.de.su.ka

往靜岡的新幹線
幾點開？

6 終電は何時に出ますか。
shu.u.de.n.wa.na.n.ji.ni.de.ma.su.ka

最後一班電車幾
點開？

7 地下鉄路線図をいただけませんか。
chi.ka.te.tsu.ro.se.n.zu.o.
i.ta.da.ke.ma.se.n.ka

可以給我一份地
下鐵路線圖嗎？

在列車上

1 この席は空いてますか。
ko.no.se.ki.wa.a.i.te.ma.su.ka

這位子有人坐嗎？

2 タバコを吸っても構いません
か。
ta.ba.ko.o.su.t.te.mo.ka.ma.i.ma.se.n.ka

我可以抽菸嗎？

3 化粧室はどこですか。
ke.sho.o.shi.tsu.wa.do.ko.de.su.ka

化妝室在哪裡？

4 空席があれば禁煙席に移りたいのですが。
ku.u.se.ki.ga.a.re.ba.ki.n.e.n.se.ki.ni.u.tsu.ri.ta.i.no.de.su.ga

如果有空位的話，我想換到禁菸區去。

有狀況時

1 電車に乗り遅れました。
de.n.sha.ni.no.ri.o.ku.re.ma.shi.ta

我錯過電車了。

2 間違って切符を買ってしまいました。
ma.chi.ga.t.te.ki.p.pu.o.ka.t.te.shi.ma.i.ma.shi.ta

我買錯車票了。

3 どこでこの切符を払い戻すことができますか。
do.ko.de.ko.no.ki.p.pu.o.ha.ra.i.mo.do.su.ko.to.ga.de.ki.ma.su.ka

我可以在哪裡退票呢？

4 切符をなくしました。
ki.p.pu.o.na.ku.shi.ma.shi.ta

我把車票弄丟了。

◆ **公車**

搭車前

切符をなくしました。

🔊 **052**

1 天橋立行きのバス停はどこですか。
a.ma.no.ha.shi.da.te.yu.ki.no.ba.su.te.i.wa.do.ko.de.su.ka

往天橋立的公車站在哪裡？

2 このバスは富良野へ行きますか。
ko.no.ba.su.wa.fu.ra.no.e.i.ki.ma.su.ka

這輛公車有到富良野嗎？

3 このバスは金閣寺に停まりますか。
ko.no.ba.su.wa.ki.n.ka.ku.ji.ma.e.ni.to.ma.ri.ma.su.ka

這班車有停金閣寺前嗎？

詢問時間或距離

1 湯布院行きのバスは何時に来ますか。
yu.fu.i.n.yu.ki.no.ba.su.wa.
na.n.ji.ni.ki.ma.su.ka

往湯布院的公車幾點會到？

2 天満宮までどのくらい時間がかかりますか。
te.n.ma.n.gu.u.ma.de.do.no.ku.ra.i.
ji.ka.n.ga.ka.ka.ri.ma.su.ka

到天滿宮需要花多久時間？

3 最終バスは何時ですか。
sa.i.shu.u.ba.su.wa.na.n.ji.de.su.ka

最後一班公車是幾點？

詢問票價

1 金閣寺までいくらですか。
ki.n.ka.ku.ji.ma.de.i.ku.ra.de.su.ka

到金閣寺要多少錢？

2 前払いですか、後払いですか。
ma.e.ba.ra.i.de.su.ka、a.to.ba.ra.i.
de.su.ka

上車付錢還是下車付錢？

3 バスカード（回数券）を下さい。
ba.su.ka.a.do（ka.i.su.u.ke.n）.o.
ku.da.sa.i

我要一張公車卡（回數券）。

4 両替できますか。
ryo.o.ga.e.de.ki.ma.su.ka

可以換零錢嗎？

下車時

1 おります。
o.ri.ma.su

我要下車。

2 次のバス停でおります。
tsu.gi.no.ba.su.te.i.de.o.ri.ma.su

我要在下一站下。

◆ 計程車

🔊 053

🎋 搭車前

會話 ❶

🐵 タクシー乗り場はどこですか。
ta.ku.shi.i.no.ri.ba.wa.do.ko.de.su.ka
請問計程車搭乘處在哪？

🐵 正面玄関をでたところです。
sho.o.me.n.ge.n.ka.n.o.de.ta.to.ko.ro.de.su
走出正門就是了。

會話 ❷

🐵 タクシーを呼んでいただきたいのですが。
ta.ku.shi.i.o.yo.n.de.i.ta.da.ki.ta.i.no.de.su.ga
我想請你幫我叫計程車。

🐵 はい、すぐにお呼びいたします。
ha.i.su.gu.ni.o.yo.bi.i.ta.shi.ma.su
好的，立刻為您派車。

🎋 向司機詢問價錢

會話

🐵 浅草までいくらですか。
a.sa.ku.sa.ma.de.i.ku.ra.de.su.ka
到淺草要多少錢？

🐵 だいたい千五百円ぐらいです。
da.i.ta.i.se.n.go.hya.ku.e.n.gu.ra.i.de.su
大約1500元左右。

搭車

1 この住所までお願いします。
ko.no.ju.u.sho.ma.de.o.ne.ga.i.shi.ma.su

麻煩載我到這個地址。

會話

乗ってもいいですか。
no.t.te.mo.i.i.de.su.ka

我可以搭乘嗎？

どうぞ。どちらまで。
do.o.zo。do.chi.ra.ma.de

請上車，要到哪裡呢？

原宿までお願いします。急いでください。
ha.ra.ju.ku.ma.de.o.ne.ga.i.shi.ma.su。
i.so.i.de.ku.da.sa.i

麻煩載我到原宿。請你快一點。

指示司機

1 まっすぐ行ってください。
ma.s.su.gu.i.t.te.ku.da.sa.i

請直走。

2 次の角を右（左）に曲がってください。
tsu.gi.no.ka.do.o.mi.gi（hi.da.ri）.ni.
ma.ga.t.te.ku.da.sa.i

請在下一個轉角右轉（左轉）。

3 上野公園でおろしてください。
u.e.no.ko.o.e.n.de.o.ro.shi.te.ku.da.sa.i

請在上野公園讓我下車。

4 ここでとまってください。
ko.ko.de.to.ma.t.te.ku.da.sa.i

請在這裡停車。

5 トランクを開けてください。
to.ra.n.ku.o.a.ke.te.ku.da.sa.i

請幫我打開行李箱。

◆ 飛機

服務台詢問

會話

🐵 アジア航空はどのカウンター
ですか。
a.ji.a.ko.o.ku.u.wa.do.no.ka.u.n.ta.a.de.su.ka

亞細亞航空在
哪一個櫃檯呢？

🐵 一番右端のカウンターになります。
i.chi.ba.n.mi.gi.ha.shi.no.ka.u.n.ta.a.ni.na.ri.ma.su

在最右邊的櫃檯。

預約

會話 ❶

🐵 予約を確認したいのですが。
yo.ya.ku.o.ka.ku.ni.n.shi.ta.i.no.de.su.ga

我想確認預約機位。

🐵 チケットとパスポートを見せ
てください。
chi.ke.t.to.to.pa.su.po.o.to.o
mi.se.te.ku.da.sa.i

麻煩給我看一下
機票和護照。

會話 ❷

🐵 予約の変更をしたいのですが。
yo.ya.ku.no.he.n.ko.o.o.shi.ta.i.no.de.su.ga

我想變更預約。

🐵 どちらの便に変更しますか。
do.chi.ra.no.bi.n.ni.he.n.ko.o.shi.ma.su.ka

請問要更改成哪
個班機呢？

🐵 十二時発の便です。
ju.u.ni.ji.ha.tsu.no.bi.n.de.su

12點起飛的班機。

𦊆 會話

🐵 チケットとパスポートを出して
ください。
chi.ke.t.to.to.pa.su.po.o.to.o.
da.shi.te.ku.da.sa.i.

麻煩出示您的機
票和護照。

お席は通路側と窓側のどちら
にしますか。
o.se.ki.wa.tsu.u.ro.ga.wa.to.ma.do.ga.wa
no.do.chi.ra.ni.shi.ma.su.ka

請問您的位置要
靠走道還是窗戶
呢？

🐵 窓側でお願いします。
ma.do.ga.wa.de.o.ne.ga.i.shi.ma.su

麻煩你我要靠窗
戶的。

🐵 こちらが搭乗券になります。
ko.chi.ra.ga.to.o.jo.o.ke.n.ni.
na.ri.ma.su

這是您的登機證。

𦊆 在飛機上

會話❶

🐵 何か読み物をいただけますか。
na.ni.ka.yo.mi.mo.no.o.i.ta.da.ke.ma.su.ka

可以拿什麼讀物
給我看嗎？

🐵 新聞でよろしいですか。
shi.n.bu.n.de.yo.ro.shi.i.de.su.ka

報紙好嗎？

🐵 はい、中国語のをお願いします。
ha.i、chu.u.go.ku.go.no.o.
o.ne.ga.i.shi.ma.su

好的，麻煩給我
中文的。

會話②

ちょっと寒いのですが。
cho.t.to.sa.mu.i.no.de.su.ga

不好意思，我有點冷。

毛布をお持ちします。
mo.o.fu.o.o.mo.chi.shi.ma.su

我去拿毛毯給您。

會話③

紅茶、コーヒー、スープがございますが。
ko.o.cha、ko.o.hi.i、su.u.pu.ga
go.za.i.ma.su.ga

有紅茶、咖啡和湯…
（您要什麼呢？）

じゃあ、スープをお願いします。
ja.a、su.u.pu.o.o.ne.ga.i.shi.ma.su

那、麻煩你給我一碗湯。

會話④

定刻通りの到着予定ですか。
te.i.ko.ku.do.o.ri.no.to.o.cha.ku.
yo.te.i.de.su.ka

請問會按照預定時間抵達嗎？

はい、定刻通りです。
ha.i、te.i.ko.ku.do.o.ri.de.su

是的，會準時抵達。

行李

會話①

どこで荷物を受け取るのですか。
do.ko.de.ni.mo.tsu.o.u.ke.to.ru.no.de.su.ka

請問要到哪裡領行李？

1階です。
i.k.ka.i.de.su

1樓。

荷物が見当たらないのですが。
ni.mo.tsu.ga.mi.a.ta.ra.na.i.
no.de.su.ga

不好意思，我找不到我的行李。

どのようなお荷物ですか。
do.no.yo.o.na.o.ni.mo.tsu.de.su.ka

您的行李長什麼樣子呢？

赤色のスーツケースです。
a.ka.i.ro.no.su.u.tsu.ke.e.su.de.su

是紅色的行李箱。

大変申し訳ありません。
ta.i.he.n.mo.o.shi.wa.ke.a.ri.ma.se.n

非常抱歉。

すぐお探しします。
su.gu.o.sa.ga.shi.shi.ma.su

我馬上幫您找。

◆ 租車

租借時　🔊 055

1 料金はいくらですか。
ryo.o.ki.n.wa.i.ku.ra.de.su.ka

租一次多少錢？

2 ガソリン代は込みですか。
ga.so.ri.n.da.i.wa.ko.mi.de.su.ka

含油費嗎？

3 保証金が必要ですか。
ho.sho.o.ki.n.ga.hi.tsu.yo.o.de.su.ka

需要保證金嗎？

4 どんな車がありますか。
do.n.na.ku.ru.ma.ga.a.ri.ma.su.ka

有些什麼車呢？

5 広島に乗り捨てたいのですが。
hi.ro.shi.ma.ni.no.ri.su.te.ta.i.no.de.
su.ga

我想開到廣島還車。

車を借りたいのですが。　　　　　我想租車。
ku.ru.ma.o.ka.ri.ta.i.no.de,su.ga

 免許はありますか。　　　　　　有駕照嗎？
me.n.kyo.wa.a.ri.ma.su.ka

加油站

1 一番近いガソリンスタンドは　　　請問最近的加油
どこですか。　　　　　　　　　　站在哪裡？
i.chi.ba.n.chi.ka.i.ga.so.ri.n.su.ta.n.do.wa.
do.ko.de.su.ka

2 満タンにしてください。　　　　　請幫我加滿。
ma.n.ta.n.ni.shi.te.ku.da.sa.i

有狀況時

1 車の調子が悪いのですが。　　　　車子有點狀況。
ku.ru.ma.no.cho.o.shi.ga.wa.ru.i.no.de.su.ga

2 点検していただけますか。　　　　可以幫我檢查一
te.n.ke.n.shi.te.i.ta.da.ke.ma.su.ka　　下嗎？

3 パンクしてしまいました。　　　　車子爆胎了。
pa.n.ku.shi.te.shi.ma.i.ma.shi.ta.

開車

1 ここは一方通行ですか。　　　　　這裡是單行道嗎？
ko.ko.wa.i.p.po.o.tsu.u.ko.o.de.su.ka

2 この辺に駐車場はありますか。　　這附近有停車場嗎？
ko.no.he.n.ni.chu.u.sha.jo.o.wa.
a.ri.ma.su.ka

單字充電站　🔊 056

道路・交通

切符／チケット ki.p.pu／chi.ke.t.to **車票**	案内書／ガイドブック a.n.na.i.sho／ga.i.do.bu.k.ku **指南書**

地図 chi.zu **地圖**	船 fu.ne **船**	フェリー fe.ri.i **渡船**	交番 ko.o.ba.n **派出所**

信号 shi.n.go.o **紅綠燈**	歩道橋 ho.do.o.kyo.o **天橋**	横断歩道 o.o.da.n.ho.do.o **斑馬線**

交差点 ko.o.sa.te.n **十字路口**	まっすぐ（に行く） ma.s.su.gu.(ni.i.ku) **直走**	右（へ行く） mi.gi(e.i.ku) **向右走**

左（へ行く） hi.da.ri.(e.i.ku) **向左走**	渋滞 ju.u.ta.i **塞車**	ラッシュアワー ra.s.shu.a.wa.a **尖峰時刻**

目的地 mo.ku.te.ki.chi **目的地**	はい、 わかりました。　チケットを1枚 ください。

えき 駅 e.ki 車站	えきいん 駅員 e.ki.i.n 站務員	しゃしょう 車掌 sha.sho.o 車掌	きっぷ う ば 切符売り場 ki.p.pu.u.ri.ba 售票處
でんしゃ 電車 de.n.sha 電車	じ どうけんばいき 自動券売機 ji.do.o.ke.n.ba.i.ki 車票自動販賣機		ち か てつ 地下鉄 chi.ka.te.tsu 地下鐵
まどぐち みどりの窓口 mi.do.ri.no.ma.do.gu.chi 綠色窗口（服務台）	の ば 乗り場 no.ri.ba 搭乘處		ホーム ho.o.mu 月台
いりぐち 入口 i.ri.gu.chi 入口	で ぐち 出口 de.gu.chi 出口	きたぐち 北口 ki.ta.gu.chi 北口	みなみぐち 南口 mi.na.mi.gu.chi 南口
にしぐち 西口 ni.shi.gu.chi 西口	ひがしぐち 東口 hi.ga.shi.gu.chi 東口	かいさつぐち 改札口 ka.i.sa.tsu.gu.chi 剪票口	せいさんしょ 清算所 se.i.sa.n.sho 補票處
ち か てつろせんず 地下鉄路線図 chi.ka.te.tsu.ro.se.n.zu 地下鐵路線圖		わす もの と あつか じょ 忘れ物取り扱い所 wa.su.re.mo.no.to.ri.a.tsu.ka.i.jo 失物招領處	
あんないじょ 案内所 a.n.na.i.jo 服務處	コインロッカー ko.i.n.ro.k.ka.a 置物櫃	に もついちじ あず じょ 荷物一時預かり所 ni.mo.tsu.i.chi.ji.a.zu.ka.ri.jo 行李暫時保管處	

168 ❀ 交通

検札 (けんさつ)	時刻表 (じこくひょう)	新幹線 (しんかんせん)
ke.n.sa.tsu	ji.ko.ku.hyo.o	shi.n.ka.n.se.n
驗票	時刻表	新幹線

案内所に
あります。

時刻表は
どこに
ありますか？

票種

おとな	こども	特急券 (とっきゅうけん)	グリーン券 (けん)
o.to.na	ko.do.mo	to.k.kyu.u.ke.n	gu.ri.n.ke.n
成人票	兒童票	特急券	頭等車廂票

往復切符 (おうふくきっぷ)	片道切符 (かたみちきっぷ)
o.o.fu.ku.ki.p.pu	ka.ta.mi.chi.ki.p.pu
來回車票	單程車票

周遊券 (しゅうゆうけん)	回数券 (かいすうけん)	一日乗車券 (いちにちじょうしゃけん)
shu.u.yu.u.ke.n	ka.i.su.u.ke.n	i.chi.ni.chi.jo.o.sha.ke.n
周遊券	回數票	一日票

Icoca	Toica
i.ko.ka	to.i.ka
JR 西日本 ICOCA IC 卡	JR 東海 TOICA IC 卡

Suica	PASMO
su.i.ka	pa.su.mo
JR 東日本 SUICA IC 卡＊	PASMO IC 卡

＊ Suica 日本全國通用

電車種類

かくえき ていしゃ 各駅停車 ka.ku.e.ki.te.i.sha 每站停車	かいそく 快速 ka.i.so.ku 快速列車	きゅうこう 急行 kyu.u.ko.o 快速電車	とっきゅう 特急 to.k.kyu.u 特快速電車

つうきんとっかい 通勤特快 tsu.u.ki.n.to.k.ka.i 通勤特快列車＊	しはつ 始発 shi.ha.tsu 首班車	しゅうでん 終電 shu.u.de.n 末班車

かいそう
回送
ka.i.so.o
空車返回總站

＊（只在通勤時間運行）

車廂種類

きんえんしゃ 禁煙車 ki.n.e.n.sha 禁菸車廂	きつえんしゃ 喫煙車 ki.tsu.e.n.sha 吸菸車廂	しんだいしゃ 寝台車 shi.n.da.i.sha 臥舖車廂	しょくどうしゃ 食堂車 sho.ku.do.o.sha 供餐車廂

いちばんまえ せんとう しゃりょう 一番前（先頭）の車両 i.chi.ba.n.ma.e(se.n.to.o)no.sha.ryo.o 最前面的車廂	いちばんうしろ しゃりょう 一番後ろの車両 i.chi.ba.n.u.shi.ro.no.sha.ryo.o 最後面的車廂

じゆうせき 自由席 ji.yu.u.se.ki 自由入座	していせき 指定席 shi.te.i.se.ki 對號入座	しゃ グリーン車 gu.ri.i.n.sha 頭等車廂

禁煙車で
お願いします。

巴士

こうそく 高速バス／ハイウェーバス ko.o.so.ku.ba.su／ha.i.we.e.ba.su **高速公路巴士**	ちょうきょり 長距離バス cho.o.kyo.ri.ba.su **長途巴士**

りょうきんひょう 料金表 ryo.o.ki.n.hyo.o **價目表**	てい バス停 ba.su.te.i **巴士站**	バスターミナル ba.su.ta.a.mi.na.ru **巴士總站**

や こう 夜行バス ya.ko.o.ba.su **夜行巴士**	れんらく 連絡バス re.n.ra.ku.ba.su **接駁車**

汽車

どうろ ち ず 道路地図 do.o.ro.chi.zu **路線圖**	ちゅうしゃじょう 駐車場 chu.u.sha.jo.o **停車場**	ガソリンスタンド ga.so.ri.n.su.ta.n.do **加油站**

ガソリン ga.so.ri.n **汽油**	オイル o.i.ru **油**	パンク pa.n.ku **爆胎**	クラクション ku.ra.ku.sho.n **喇叭**

バックミラー ba.k.ku.mi.ra.a **後照鏡**	フロントガラス fu.ro.n.to.ga.ra.su **擋風玻璃**	せんしゃ 洗車 se.n.sha **洗車**	ちゅう こ しゃ 中古車 chu.u.ko.sha **中古車**

くうこう 空港 ku.u.ko.o 機場	とうじょうけん 搭乗券 to.o.jo.o.ke.n 機票	パスポート pa.su.po.o.to 護照	でんし 電子チケット de.n.shi.chi.ke.t.to 電子機票
ぜいかん 税関 ze.i.ka.n 海關	とうじょうてつづき 搭乗手続き to.o.jo.o.te.tsu.zu.ki 登機手續	とうじょう 搭乗ゲート to.o.jo.o.ge.e.to 登機門	にゅうこく 入国カード nyu.u.ko.ku.ka.a.do 入境卡

にもつうけとりしょう 荷物受取証 ni.mo.tsu.u.ke.to.ri.sho.o 行李領取証	ちえんしょうめいしょ 遅延証明書 chi.e.n.sho.o.me.i.sho 延遲證明
まどぎわ　せき 窓際の席 ma.do.gi.wa.no.se.ki 靠窗座位	つうろがわ　せき 通路側の席 tsu.u.ro.ga.wa.no.se.ki 靠走道座位

ちゃくりく 着陸 cha.ku.ri.ku 著地	りりく 離陸 ri.ri.ku 起飛	ちゃくよう シートベルト着用のサイン shi.i.to.be.ru.to.cha.ku.yo.o.no.sa.i.n 安全帶指示燈

めんぜいはんばい 免税販売 me.n.ze.i.ha.n.ba.i 免税商品販售	めんぜいひん 免税品 me.n.ze.i.hi.n 免税商品	じょうむいん 乗務員 jo.o.mu.i.n 空服人員

きないしょく 機内食 ki.na.i.sho.ku 飛機餐	けっこう 欠航 ke.k.ko.o 班機取消	しようちゅう 使用中 shi.yo.o.chu.u 使用中 (指廁所使用中)

まだ席は
ありますか？

娛樂

🎫 **購票**

1 オペラの切符をお願いできますか。
o.pe.ra.no.ki.p.pu.o.o.ne.ga.i.de.ki.ma.su.ka

可以給我歌劇票嗎？

2 歌舞伎を見たいのですが。
ka.bu.ki.o.mi.ta.i.no.de.su.ga.

我想看歌舞伎。

3 切符売り場はどこですか。
ki.p.pu.u.ri.ba.wa.do.ko.de.su.ka

售票處在哪裡？

4 まだ席はありますか。
ma.da.se.ki.wa.a.ri.ma.su.ka

還有位置嗎？

5 どんな席がありますか。
do.n.na.se.ki.ga.a.ri.ma.su.ka

有什麼樣的座位？

6 入場料はいくらですか。
nyu.u.jo.o.ryo.o.wa.i.ku.ra.de.su.ka

入場券要多少錢？

7 一般席はいくらですか。
i.p.pa.n.se.ki.wa.i.ku.ra.de.su.ka

普通座位要多少錢？

8 指定席はいくらですか。
shi.te.i.se.ki.wa.i.ku.ra.de.su.ka

對號座位要多少錢？

9 一番安いのはいくらですか。
i.chi.ba.n.ya.su.i.no.wa.i.ku.ra.de.su.ka

最便宜的票是多少錢？

10 一般席を一枚下さい。
i.p.pa.n.se.ki.o.i.chi.ma.i.ku.da.sa.i

請給我一張普通座位的。

11 今夜の指定席を二枚下さい。
ko.n.ya.no.shi.te.i.se.ki.o.ni.ma.i.ku.da.sa.i

請給我兩張今晚的對號券。

12 前売り券を買っておかなくては
なりません*か*。
ma.e.u.ri.ke.n.o.ka.t.te.o.ka.na.ku.te
wa.na.ri.ma.se.n.ka

我必須預先購票
嗎？

 電影

1 今どんな映画が上映されていますか。
i.ma.do.n.na.e.i.ga.ga.jo.o.e.i.
sa.re.te.i.ma.su.ka

現在在上映什麼
電影？

2 その映画はどこで上映されて
いますか。
so.no.e.i.ga.wa.do.ko.de.jo.o.e.i.
sa.re.te.i.ma.su.ka

那部電影在哪裡
上映？

3 何時に始まりますか。
na.n.ji.ni.ha.ji.ma.ri.ma.su.ka

幾點開始呢？

4 どんな映画ですか。
do.n.na.e.i.ga.de.su.ka

是什麼樣的電影？

5 それはコメディーですか。
so.re.wa.ko.me.di.i.de.su.ka

那是喜劇片嗎？

6 それは子供にも見せられますか。
so.re.wa.ko.do.mo.ni.mo.
mi.se.ra.re.ma.su.ka

那部電影小朋友
也可以看嗎？

7 吹き替え版ですか、それとも字幕
ですか。
fu.ki.ka.e.ba.n.de.su.ka、
so.re.to.mo.ji.ma.ku.de.su.ka

它是配音版嗎？
還是有字幕的？

🌾 劇場

1 国立劇場では何を上演してますか。
こくりつげきじょう　なに　じょうえん
ko.ku.ri.tsu.ge.ki.jo.o.de.wa.
na.ni.o.jo.o.e.n.shi.te.ma.su.ka

國立劇場現在在演什麼？

2 それはどんな劇ですか。
げき
so.re.wa.do.n.na.ge.ki.de.su.ka

那是什麼樣的戲劇？

3 千秋楽はいつですか。
せんしゅうらく
se.n.shu.u.ra.ku.wa.i.tsu.de.su.ka

閉幕演出是什麼時候？

🌾 音樂

1 今夜なんのコンサートが
こんや
ありますか。
ko.n.ya.na.n.no.ko.n.sa.a.to.ga.a.ri.ma.su.ka

今晚有什麼樣的演唱會呢？

2 Misiaのコンサートはいつですか。
mi.i.sha.no.ko.n.sa.a.to.wa.i.tsu.de.su.ka

米西亞的演唱會是什麼時候？

🌾 運動

1 テニスがしたいです。
te.ni.su.ga.shi.ta.i.de.su

我想打網球。

2 ボーリングに行きたいです。
い
bo.o.ri.n.gu.ni.i.ki.ta.i.de.su

我想去打保齡球。

3 相撲を見に行きたいです。
すもう　み　い
su.mo.o.o.mi.ni.i.ki.ta.i.de.su

我想去看相撲。

4 野球の試合が見たいです。
やきゅう　しあい　み
ya.kyu.u.no.shi.a.i.ga.mi.ta.i.de.su

我想看棒球賽。

5 ボールを借りることができますか。
か
bo.o.ru.o.ka.ri.ru.ko.to.ga.
de.ki.ma.su.ka

可以借球嗎？

6 ルールがよく分（わ）かりません。　我不太清楚規則。
ru.u.ru.ga.yo.ku.wa.ka.ri.ma.se.n

7 ルールを説明（せつめい）していただけませんか。　可以幫我說明規則嗎？
ru.u.ru.o.se.tsu.me.i.shi.te.
i.ta.da.ke.ma.se.n.ka

8 この辺（へん）にスポーツジムはありますか。　這附近有健身房嗎？
ko.no.he.n.ni.su.po.o.tsu.ji.mu.wa.
a.ri.ma.su.ka

 電視

1 野球（やきゅう）の試合（しあい）はなんチャンネルですか。　棒球賽在第幾台？
ya.kyu.u.no.shi.a.i.wa.na.n.cha.n.
ne.ru.de.su.ka

2 これはニケ国語放送（に か こくごほうそう）ですか。　這是雙語節目嗎？
ko.re.wa.ni.ka.ko.ku.go.ho.o.so.o.de.su.ka

3 英語（えいご）のチャンネル案内（あんない）はありますか。　有沒有英語的節目表？
e.i.go.no.cha.n.ne.ru.a.n.na.i.wa.
a.ri.ma.su.ka

 單字充電站　🔊060

 電影

映画（えいが） e.i.ga 電影	映画館（えいがかん） e.i.ga.ka.n 電影院	演劇（えんげき） e.n.ge.ki 戲劇	劇場（げきじょう） ge.ki.jo.o 劇場	字幕（じまく） ji.ma.ku 字幕
俳優（はいゆう） ha.i.yu.u 演員	女優（じょゆう） jo.yu.u 女演員	監督（かんとく） ka.n.to.ku 導演	新作映画（しんさくえいが） shi.n.sa.ku.e.i.ga 電影新作	

電影種類

SF e.su.e.fu 科幻片	せんそう 戦争もの se.n.so.o.mo.no 戦争電影	れんあい 恋愛もの re.n.a.i.mo.no 愛情電影	ミステリー mi.su.te.ri.i 推理片

ホラー ho.ra.a 恐怖片	コメディー ko.me.di.i 喜劇片	ドキュメンタリー do.kyu.me.n.ta.ri.i 紀錄片

アニメ a.ni.me 動畫	アクション a.ku.sho.n 動作片	 恋愛もの

電影院・劇場

じょうえんちゅう 上演中 jo.o.e.n.chu.u 上映中（電影或戲劇等都可使用）	じょうえいちゅう 上映中 jo.o.e.i.chu.u 上映中（只限於電影）

おとな o.to.na 成人票	こども ko.do.mo 兒童票	がくせいわりびき 学生割引 ga.ku.se.i.wa.ri.bi.ki 學生優待	とうじつけん 当日券 to.o.ji.tsu.ke.n 當天的票

まえう けん 前売り券 ma.e.u.ri.ke.n 預售票	じ ゆうせきけん 自由席券 ji.yu.u.se.ki.ke.n 不對號票	してい せきけん 指定席券 shi.te.i.se.ki.ke.n 對號票	たちみ せき 立見席 ta.chi.mi.se.ki 站票

ツアーに参加したいのですが…。

觀光

🎋 **在觀光服務中心**

1 観光案内所はどこですか。
かんこうあんないじょ
ka.n.ko.o.a.n.na.i.jo.wa.do.ko.de.su.ka

觀光服務處在哪裡？

2 ツアーに参加したいのですが。
さん か
tsu.a.a.ni.sa.n.ka.shi.ta.i.no.de.su.ga

我想參加行程。

3 どんなツアーがありますか。
do.n.na.tsu.a.a.ga.a.ri.ma.su.ka

有什麼樣的行程呢？

4 パンフレットをもらえますか。
pa.n.fu.re.t.to.o.mo.ra.e.ma.su.ka

可以給我觀光指南手冊嗎？

5 富士山へ行くツアーはありますか。
ふ じ さん い
fu.ji.sa.n.e.i.ku.tsu.a.a.wa.a.ri.ma.su.ka

有沒有到富士山的行程呢？

6 英語を話すガイドさんはいますか。
えいご はな
e.i.go.o.ha.na.su.ga.i.do.sa.n.wa.i.ma.su.ka

有沒有會說英語的導遊呢？

7 日帰りツアーですか。
ひ がえ
hi.ga.e.ri.tsu.a.a.de.su.ka

是當天往返的行程嗎？

8 スケジュールを詳しく教えて下さい。
くわ おし くだ
su.ke.ju.u.ru.o.ku.wa.shi.ku.
o.shi.e.te.ku.da.sa.i

請告訴我詳細的行程。

9 出発はどこからですか。
しゅっぱつ
shu.p.pa.tsu.wa.do.ko.ka.ra.de.su.ka

從哪裡出發呢？

10 出発は何時ですか。
しゅっぱつ なんじ
shu.p.pa.tsu.wa.na.n.ji.de.su.ka

幾點出發呢？

11 どのくらい時間がかかりますか。
じ かん
do.no.ku.ra.i.ji.ka.n.ga.ka.ka.ri.ma.su.ka

要花多少時間呢？

12 ツアーの料金はいくらですか。
りょうきん
tsu.a.a.no.ryo.o.ki.n.wa.i.ku.ra.de.su.ka

旅費是多少？

13 食事つきですか。
しょくじ
sho.ku.ji.tsu.ki.de.su.ka

有附餐嗎？

14 交通費は込みですか。
こうつうひ　こ
ko.o.tsu.u.hi.wa.ko.mi.de.su.ka

交通費包含在內嗎？

観光中

1 中に入れますか。
なか　はい
na.ka.ni.ha.i.re.ma.su.ka

可以進去嗎？

2 入館料はいりますか。
にゅうかんりょう
nyu.u.ka.n.ryo.o.wa.i.ri.ma.su.ka

要入館費嗎？

3 あれはなんのお祭りですか。
まつ
a.re.wa.na.n.no.o.ma.tsu.ri.de.su.ka

那是什麼樣的祭典？

4 写真を撮っても構いませんか。
しゃしん　と
sha.shi.n.o.to.t.te.mo.ka.ma.i.ma.se.n.ka

可以拍照嗎？

5 一緒に写真を撮らせていただけませんか。
いっしょ　しゃしん　と
i.s.sho.ni.sha.shi.n.o.to.ra.se.te.
i.ta.da.ke.ma.se.n.ka

可以和你一起拍照嗎？

6 この辺りにお手洗いはありますか。
あた　　てあら
ko.no.a.ta.ri.ni.o.te.a.ra.i.wa.a.ri.ma.su.ka

這附近有洗手間嗎？

7 ここは立ち入り禁止ですか。
た　い　きんし
ko.ko.wa.ta.chi.i.ri.ki.n.shi.de.su.ka

這裡禁止進入嗎？

8 陶芸をやってみたいです。
とうげい
to.o.ge.i.o.ya.t.te.mi.ta.i.de.su

我想做陶藝看看。

9 着物を着てみたいです。
きもの　き
ki.mo.no.o.ki.te.mi.ta.i.de.su

我想穿和服看看。

觀光

かんこう 観光 ka.n.ko.o 觀光	かんこうあんないじょ 観光案内所 ka.n.ko.o.a.n.na.i.jo 觀光服務處	りょこうがいしゃ 旅行会社 ryo.ko.o.ga.i.sha 旅行社	ガイドブック ga.i.do.bu.k.ku 觀光指南

かんこう 観光バス ka.n.ko.o.ba.su 觀光巴士	りょこうあんないしょ 旅行案内書／パンフレット ryo.ko.o.a.n.na.i.sho／pa.n.fu.re.t.to 旅遊指南

ガイド ga.i.do 導覽、導遊	にゅうじょうりょう 入場料 nyu.u.jo.o.ryo.o 入場費

設施

めいしょ 名所 me.i.sho 名勝	きゅうせき 旧跡 kyu.u.se.ki 古蹟	いせき 遺跡 i.se.ki 遺跡	きねんひ 記念碑 ki.ne.n.hi 紀念碑	しろ お城 o.shi.ro 城

てら お寺 o.te.ra 寺廟	はくぶつかん 博物館 ha.ku.bu.tsu.ka.n 博物館	びじゅつかん 美術館 bi.ju.tsu.ka.n 美術館	ゆうえんち 遊園地 yu.u.e.n.chi 遊樂園

しょくぶつえん 植物園 sho.ku.bu.tsu.e.n 植物園	どうぶつえん 動物園 do.o.bu.tsu.e.n 動物園	すいぞくかん 水族館 su.i.zo.ku.ka.n 水族館

テーマパーク te.e.ma.pa.a.ku 主題樂園	市場 <small>いち ば</small> i.chi.ba 市場	海 <small>うみ</small> u.mi 海	海岸 <small>かいがん</small> ka.i.ga.n 海邊

山 <small>やま</small> ya.ma 山	川 <small>かわ</small> ka.wa 河川	湖 <small>みずうみ</small> mi.zu.u.mi 湖	滝 <small>たき</small> ta.ki 瀑布	温泉 <small>おんせん</small> o.n.se.n 溫泉

橋 <small>はし</small> ha.shi 橋	港 <small>みなと</small> mi.na.to 港口	噴水 <small>ふんすい</small> fu.n.su.i 噴水池

温泉はいいな～

日本文化藝術

茶道 <small>さ どう</small> sa.do.o 茶道	華道 <small>か どう</small> ka.do.o 花道	書道 <small>しょどう</small> sho.do.o 書法	抹茶 <small>まっちゃ</small> ma.c.cha 抹茶	生け花 <small>い ばな</small> i.ke.ba.na 插花

歌舞伎 <small>か ぶ き</small> ka.bu.ki 歌舞伎	能 <small>のう</small> no.o 能（日本古典藝能的一種）	文楽 <small>ぶんらく</small> bu.n.ra.ku 文樂（日本人偶劇）

祭り <small>まつ</small> ma.tsu.ri 祭典	日本舞踊 <small>にほん ぶ よう</small> ni.ho.n.bu.yo.o 日本舞

ぼくは書道ができるよ！

寺
te.ra
寺院

神社
ji.n.ja
神社

願いごと
ne.ga.i.go.to
許願

参拝
sa.n.pa.i
參拜

おみくじ
o.mi.ku.ji
抽籤

賽銭箱
sa.i.se.n.ba.ko
香油錢箱

お賽銭
o.sa.i.se.n
香油錢

山門
sa.n.mo.n
寺院的正門

鳥居
to.ri.i
鳥居（神社中用以象徵神域的一種門。）

本殿
ho.n.de.n
正殿

拝殿
ha.i.de.n
前殿

手水舎
te.mi.zu.ya
進神社參拜前，洗手淨身處

燈籠
to.o.ro.o
石燈籠

狛犬
ko.ma.i.nu
神社前狀似石獅子的雕像

破魔矢
ha.ma.ya
弓箭型的祈福飾物

お守り
o.ma.mo.ri
護身符

絵馬
e.ma
繪馬（用來祈願或還願繪有圖案的木板。）

神主
ka.n.nu.shi
神社祭司

僧
so.o
僧侶

巫女
mi.ko
巫女（在神社中輔助神職的女性）

禁止事項（告示牌）

きれいな芝生
ですね！

危険
ki.ke.n
危険

立ち入り禁止
ta.chi.i.ri.ki.n.shi
禁止進入

撮影禁止
sa.tsu.e.i.ki.n.shi
禁止攝影

三脚使用禁止
sa.n.kya.ku.shi.yo.o.ki.n.shi
禁止使用三脚架

フラッシュ使用禁止
fu.ra.s.shu.shi.yo.o.ki.n.shi
禁止使用閃光燈

駐車禁止
chu.u.sha.ki.n.shi
禁止停車

ごみを捨てないでください
go.mi.o.su.te.na.i.de.ku.da.sa.i
請勿丟垃圾

手を触れないでください
te.o.fu.re.na.i.de.ku.da.sa.i
請勿動手

芝生の中に入らないでください
shi.ba.fu.no.na.ka.ni.ha.i.ra.na.i.de.ku.da.sa.i
請勿踐踏草坪

止まれ
to.ma.re
止步

禁煙
ki.n.e.n
禁菸

工事中
ko.o.ji.chu.u
施工中

芝生の中に
入らないでください

もしもし！

打電話

🔊 063

🎋 **尋找電話**

1 電話をかけたいです。
でんわ
de.n.wa.o.ka.ke.ta.i.de.su

我想打電話。

2 公衆電話はどこですか。
こうしゅう でんわ
ko.o.shu.u.de.n.wa.wa.do.ko.de.su.ka

公共電話在哪裡？

3 電話をお借りできますか。
でんわ か
de.n.wa.o.o.ka.ri.de.ki.ma.su.ka

可以借一下電話嗎？

🎋 **打電話**

1 電話がつながりません。
でんわ
de.n.wa.ga.tsu.na.ga.ri.ma.se.n

電話不通。

2 話し中です。
はな ちゅう
ha.na.shi.chu.u.de.su

電話中。

3 声が聞こえないのですが。
こえ き
ko.e.ga.ki.ko.e.na.i.no.de.su.ga

我聽不到聲音。

4 もう一度言っていただけませんか。
いちど い
mo.o.i.chi.do.i.t.te.i.ta.da.ke.ma.se.n.ka

可以請你再說一次嗎？

5 もう少しゆっくり話してください。
すこ はな
mo.o.su.ko.shi.yu.k.ku.ri.
ha.na.shi.te.ku.da.sa.i

請再說慢一點。

6 (テレホン)カードが終わりそうです。
お
(te.re.ho.n)ka.a.do.ga.o.wa.ri.so.o.de.su

電話卡好像快用完了。

7 もう小銭がありません。
こぜに
mo.o.ko.ze.ni.ga.a.ri.ma.se.n

我已經沒零錢了。

通話中

1 すぐかけなおします。　　　　　等一下立刻回電
su.gu.ka.ke.na.o.shi.ma.su　　　給你。

2 お電話ありがとうございました。謝謝你的來電。
でん わ
o.de.n.wa.a.ri.ga.to.o.go.za.i.ma.shi.ta

3 内線 ５１４ 番をお願いします。　請接分機514號。
ないせんごひゃくじゅうよんばん　ねが
na.i.se.n.go.hya.ku.ju.u.yo.n.ba.n.o.
o.ne.ga.i.shi.ma.su

打電話到別人家裡

會話

伊藤さんのお宅ですか。　　　　請問是伊藤家嗎？
い とう　　　　　たく
i.to.o.sa.n.no.o.ta.ku.de.su.ka

はい、そうです。　　　　　　　是的。請問哪位？
どちらさまでしょうか。
ha.i、so.o.de.su。
do.chi.ra.sa.ma.de.sho.o.ka

鄭と申します。アキさんは　　　我姓鄭。
てい　もう　　　　　　　　　　請問aki在嗎？
いらっしゃいますか。
te.i.to.mo.o.shi.ma.su。
a.ki.sa.n.wa.i.ra.s.sha.i.ma.su.ka

申し訳ありません、　　　　　　抱歉，
もう　わけ　　　　　　　　　　她現在外出。
只今外出中です。
ただいまがいしゅつちゅう
mo.o.shi.wa.ke.a.ri.ma.se.n、
ta.da.i.ma.ga.i.shu.tsu.chu.u.de.su

そうですか、またお電話いたします。這樣啊，我會再
でん わ　　　　　　　　　　　打過去。
so.o.de.su.ka、
ma.ta.o.de.n.wa.i.ta.shi.ma.su

🌱 打電話到公司

會話

🐵 はい、サクラ株式会社です。
ha.i、sa.ku.ra.ka.bu.shi.ki.ga.i.sha.de.su

您好，這裡是櫻花有限公司。

🐵 山下さんをお願いします。
ya.ma.shi.ta.sa.n.o.o.ne.ga.i.shi.ma.su

麻煩您我要找山下先生。

🐵 申し訳ございません。
mo.o.shi.wa.ke.go.za.i.ma.se.n

很抱歉，

山下は只今席を外しております。
ya.ma.shi.ta.wa.ta.da.i.ma.
se.ki.o.ha.zu.shi.te.o.ri.ma.su

山下現在不在他的座位上。

對答❶

🐵 のちほどお電話をいただけますか。
no.chi.ho.do.o.de.n.wa.o.
i.ta.da.ke.ma.su.ka

能請您稍晚再打電話過來嗎？

🐵 何時頃がよろしいですか。
na.n.ji.go.ro.ga.yo.ro.shi.i.de.su.ka

方便幾點打過去呢？

🐵 三時ごろにお願いします。
sa.n.ji.go.ro.ni.o.ne.ga.i.shi.ma.su

麻煩您3點左右打來。

對答❷

🐵 伝言をお願いできますか。
de.n.go.n.o.o.ne.ga.i.de.ki.ma.su.ka

能幫我留個話嗎？

🐵 かしこまりました。
ka.shi.ko.ma.ri.ma.shi.ta

好的。

對答❸

🐵 山下さんに電話があった
ことをお伝えください。
ya.ma.shi.ta.sa.n.ni.de.n.wa.ga.a.t.ta.
ko.to.o.o.tsu.ta.e.ku.da.sa.i

麻煩你跟山下先生說我來過電話。

打錯電話

（もしもし！）

會話 ❶

🐵 もしもし、澤田さんですか。　喂、是澤田嗎？
mo.shi.mo.shi、sa.wa.da.sa.n.de.su.ka

🐵 違います。かけ間違いですよ。　不是。你打錯了喔！
chi.ga.i.ma.su。
ka.ke.ma.chi.ga.i.de.su.yo

🐵 すみません。　對不起。
su.mi.ma.se.n

會話 ❷

🐵 はい、池田です。　你好，我是池田。
ha.i、i.ke.da.de.su

🐵 すみません。間違えました。　對不起。我打錯了。
su.mi.ma.se.n。ma.chi.ga.e.ma.shi.ta

詢問電話號碼

1 あなたの電話番号を教えてください。　請告訴我你的電話號碼。
a.na.ta.no.de.n.wa.ba.n.go.o.o.
o.shi.e.te.ku.da.sa.i

2 番号案内は何番ですか。　查號台是幾號？
ba.n.go.o.a.n.na.i.wa.na.n.ba.n.
de.su.ka

3 台湾の国番号は何番ですか。　台灣的國碼是幾號？
ta.i.wa.n.no.ku.ni.ba.n.go.o.wa.
na.n.ba.n.de.su.ka

こくさいでんわ

1 国際電話をかけたいんですが。　我想打國際電話。
ko.ku.sa.i.de.n.wa.o.ka.ke.ta.i.n.de.su.ga

2 この電話で国際電話がかけられますか。　這電話可以打國
でんわ　こくさいでんわ
ko.no.de.n.wa.de.ko.ku.sa.i.de.n.wa.ga.　際電話嗎？
ka.ke.ra.re.ma.su.ka

3 台湾に電話をしたいのですが。　我想打電話到台
たいわん　でんわ
ta.i.wa.n.ni.de.n.wa.o.shi.ta.i.no.de.su.ga　灣。

🌿 公共電話

1 テレホンカードを買いたいのですが。　我想買電話卡。
か
te.re.ho.n.ka.a.do.o.ka.i.ta.i.no.de.su.ga

2 これを十円玉に換えてください。　請幫我換成10元
じゅうえんだま　か
ko.re.o.ju.u.e.n.da.ma.ni.ka.e.te.ku.da.sa.i　硬幣。

🌿 單字充電站　　🔊 065

電話用語

でんわ 電話 de.n.wa 電話	でんわ 電話ボックス de.n.wa.bo.k.ku.su 電話亭	こうしゅうでんわ 公衆電話 ko.o.shu.u.de.n.wa 公共電話	でんわちょう 電話帳 de.n.wa.cho.o 電話簿
でんわきょく 電話局 de.n.wa.kyo.ku 電話局	でんわばんごう 電話番号 de.n.wa.ba.n.go.o 電話號碼	ないせん 内線 na.i.se.n 分機	でんごん 伝言 de.n.go.n 留言
コレクトコール ko.re.ku.to.ko.o.ru 對方付費電話		テレホンカード te.re.ho.n.ka.a.do 電話卡	

この辺りにポストがありますか?

郵局

🌱 尋找

1 郵便局はどこですか。
ゆうびん きょく
yu.u.bi.n.kyo.ku.wa.do.ko.de.su.ka

郵局在哪裡?

2 この辺りにポストがありますか。
あた
ko.no.a.ta.ri.ni.po.su.to.ga.a.ri.ma.su.ka

這附近有郵筒嗎?

🌱 在郵局

1 切手はどの窓口で買えますか。
きって   まどぐち か
ki.t.te.wa.do.no.ma.do.gu.chi.de.
ka.e.ma.su.ka

在哪個窗口可以
買到郵票?

2 50円切手を3枚ください。
ごじゅうえん きって   さんまい
go.ju.u.e.n.ki.t.te.o.sa.n.ma.i.ku.da.sa.i

請給我三張50元
郵票。

3 郵便番号簿(ポスタルガイド)を見せて
ゆうびんばんごう ほ   み
ください。
yu.u.bi.n.ba.n.go.o.bo(po.su.ta.ru.ga.i.do).o.
mi.se.te.ku.da.sa.i

請給我看一下郵
遞區號簿。

4 目黒区の郵便番号を教えてください。
め ぐろく   ゆうびんばんごう おし
me.gu.ro.ku.no.yu.u.bi.n.ba.n.go.o.o.
o.shi.e.te.ku.da.sa.i

請告訴我目黑區
的郵遞區號。

🌱 詢問價錢

1 イタリアまで航空便でいくらですか。
こうくうびん
i.ta.ri.a.ma.de.ko.o.ku.u.bi.n.de.
i.ku.ra.de.su.ka

寄到義大利的航空
郵件要多少錢?

2 船便だといくらかかりますか。
ふなびん
fu.na.bi.n.da.to.i.ku.ra.ka.ka.ri.ma.su.ka

海運的話要多少錢?

詢問路程

1 インドネシアまで何日くらい
かかりますか。
i.n.do.ne.shi.a.ma.de.na.n.ni.chi.
ku.ra.i.ka.ka.ri.ma.su.ka

寄到印尼要多少天？

2 二週間以内に着きますか。
ni.shu.u.ka.n.i.na.i.ni.tsu.ki.ma.su.ka

兩週內會到嗎？

限時・掛號

1 速達でお願いします。
so.ku.ta.tsu.de.o.ne.ga.i.shi.ma.su

我要寄限時。

2 書留でお願いします。
ka.ki.to.me.de.o.ne.ga.i.shi.ma.su

我要寄掛號。

包裹

1 この小包を台湾へ送りたいの
ですが。
ko.no.ko.zu.tsu.mi.o.ta.i.wa.n.e.
o.ku.ri.ta.i.no.de.su.ga

我想把這個包裹
寄到台灣。

2 この小包の重さをはかって
いただけますか。
ko.no.ko.zu.tsu.mi.no.o.mo.sa.o.
ha.ka.t.te.i.ta.da.ke.ma.su.ka

能幫我秤一下這
個包裹的重量嗎？

郵便局

はい、
かしこまりました。

この小包の
重さをはかって
いただけますか？

郵局相關

は が き 葉書 ha.ga.ki 明信片	ポスト po.su.to 郵筒	まどぐち 窓口 ma.do.gu.chi 窗口	エアメール e.a.me.e.ru 航空信
ふなびん 船便 fu.na.bi.n 海運	かきとめ 書留 ka.ki.to.me 掛號	そくたつ 速達 so.ku.ta.tsu 限時	こづつみ 小包 ko.zu.tsu.mi 包裹
あてさき 宛先 a.te.sa.ki 收件人地址	じゅうしょ 住所 ju.u.sho 地址	な まえ 名前 na.ma.e 姓名	ゆうびんばんごう 郵便番号 yu.u.bi.n.ba.n.go.o 郵遞區號
りょうきん 料金 ryo.o.ki.n 費用	きって 切手 ki.t.te 郵票	たて 縦 ta.te 直式信封	よこ 横 yo.ko 橫式信封

例：從台灣寄到日本　　　　　＜橫式信封＞

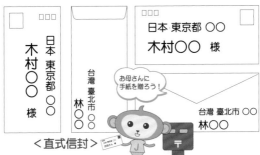

＜直式信封＞

お母さんに手紙を贈ろう！

🌱 語言

1 私は日本語を勉強しています。　我在學日語。
わたし　にほんご　べんきょう
wa.ta.shi.wa.ni.ho.n.go.o.
be.n.kyo.o.shi.te.i.ma.su

2 私は日本語が話せます。　我會說日語。
わたし　にほんご　はな
wa.ta.shi.wa.ni.ho.n.go.ga.ha.na.se.ma.su

3 読めますが、話せません。　我看得懂，可是
よ　はな　　　　　　　　　　　　　不會說。
yo.me.ma.su.ga、ha.na.se.ma.se.n

4 聞き取ることはできますが、　我聽得懂，可是
き　と　　　　　　　　　　　　　　不會說。
話せません。
はな
ki.ki.to.ru.ko.to.wa.de.ki.ma.su.ga、
ha.na.se.ma.se.n

5 主人はオランダ語が分かります。我先生懂荷蘭語。
しゅじん　　　　　　ご　わ
shu.ji.n.wa.o.ra.n.da.go.ga.wa.ka.ri.ma.su

6 妹はベトナム語が分かりません。我妹妹不懂越南
いもうと　　　　　ご　わ　　　　　　話。
i.mo.o.to.wa.be.to.na.mu.go.ga.
wa.ka.ri.ma.se.n

7 彼は日本語を習いたがっています。他想學日語。
かれ　にほんご　なら
ka.re.wa.ni.ho.n.go.o.na.ra.i.ta.ga.t.te.i.ma.su

8 私の母はイタリア語を勉強した　我媽媽學過義大
わたし　はは　　　　ご　べんきょう　利語。
ことがあります。
wa.ta.shi.no.ha.ha.wa.i.ta.ri.a.go.o.
be.n.kyo.o.shi.ta.ko.to.ga.a.ri.ma.su

9 あの方は日本語の先生です。　那一位是日語老
かた　にほんご　せんせい　　　　師。
a.no.ka.ta.wa.ni.ho.n.go.no.se.n.se.i.de.su

1 日本語学校を探しています。
に ほん ご がっこう さが
ni.ho.n.go.ga.k.ko.o.o.sa.ga.shi.te.i.ma.su

我正在尋找日語學校。

2 日本語をワンバイワンで勉強
に ほん ご　　　　　　　　　べんきょう
したいです。
ni.ho.n.go.o.wa.n.ba.i.wa.n.de.
be.n.kyo.o.shi.ta.i.de.su

我想要一對一學習日語。

3 短期コースはありますか。
たん き
ta.n.ki.ko.o.su.wa.a.ri.ma.su.ka

有短期課程嗎？

4 授業は何語で行われますか。
じゅぎょう なに ご　 おこな
ju.gyo.o.wa.na.ni.go.de.
o.ko.na.wa.re.ma.su.ka

上課是用哪一種語言？

5 授業は何時からですか。
じゅぎょう なんじ
ju.gyo.o.wa.na.n.ji.ka.ra.de.su.ka

幾點開始上課？

6 授業は毎日ありますか。
じゅぎょう まいにち
ju.gyo.o.wa.ma.i.ni.chi.a.ri.ma.su.ka

每天都有課嗎？

7 寮に入ることはできますか。
りょう はい
ryo.o.ni.ha.i.ru.ko.to.wa.de.ki.ma.su.ka

我可以住宿舍嗎？

8 授業料の分割払いはできますか。
じゅぎょうりょう ぶんかつばら
ju.gyo.o.ryo.o.no.bu.n.ka.tsu.ba.ra.i.wa.
de.ki.ma.su.ka

可以分期支付學費嗎？

其他

1 私の発音はあっていますか。
わたし はつおん
wa.ta.shi.no.ha.tsu.o.n.wa.a.t.te.
i.ma.su.ka

我的發音標準嗎？

2 発音がおかしかったら直して
はつおん　　　　　　　　　 なお
ください。
ha.tsu.o.n.ga.o.ka.shi.ka.t.ta.ra.
na.o.shi.te.ku.da.sa.i

發音如果不正確，請幫我糾正。

單字充電站 🔊069

語言學習

平仮名 ひらがな hi.ra.ga.na 平假名	片仮名 かたかな ka.ta.ka.na 片假名	漢字 かんじ ka.n.ji 漢字	ローマ字 じ ro.o.ma.ji 羅馬拼音
英語 えいご e.i.go 英語	中国語 ちゅうごくご chu.u.go.ku.go 中文	韓国語 かんこくご ka.n.ko.ku.go 韓語	タイ語 ご ta.i.go 泰語

イタリア語 ご i.ta.ri.a.go 義大利語	フランス語／仏語 ご ふつご fu.ra.n.su.go ／ fu.tsu.go 法語	ドイツ語 ご do.i.tsu.go 德語

スペイン語 ご su.pe.i.n.go 西班牙語	学期 がっき ga.k.ki 學期	言語交換 げんごこうかん ge.n.go.ko.o.ka.n 語言交換	敬語 けいご ke.i.go 敬語
尊敬語 そんけいご so.n.ke.i.go 尊敬語	謙譲語 けんじょうご ke.n.jo.o.go 謙讓語	丁寧語 ていねいご te.i.ne.i.go 丁寧語	四字熟語 よじじゅくご yo.ji.ju.ku.go 四字成語
俗語 ぞくご zo.ku.go 通俗語	ことわざ ko.to.wa.za 諺語	外来語 がいらいご ga.i.ra.i.go 外來語	単語／語彙 たんご ごい ta.n.go ／ go.i 單字

部屋を探して
いただけますか？

租屋

尋找住處

1 部屋を探していただけますか。
he.ya.o.sa.ga.shi.te.i.ta.da.ke.ma.su.ka

可以幫我找房子嗎？

2 大学の近くに適当な部屋はありますか。
da.i.ga.ku.no.chi.ka.ku.ni.te.ki.to.o.na.
he.ya.wa.a.ri.ma.su.ka

大學附近有沒有適合的房子？

3 駅の近くで探したいです。
e.ki.no.chi.ka.ku.de.sa.ga.shi.ta.i.de.su

我想找車站附近的。

4 もっと広い部屋はありますか。
mo.tto.hi.ro.i.he.ya.wa.a.ri.ma.su.ka

有沒有更大一點的房間？

5 狭くても構わないので安いところはありませんか。
se.ma.ku.te.mo.ka.ma.wa.na.i.no.de.
ya.su.i.to.ko.ro.wa.a.ri.ma.se.n.ka

小一點也沒關係，有沒有便宜一點的？

租屋設備

1 洋室（和室）ですか。
yo.o.shi.tsu(wa.shi.tsu)de.su.ka

是洋室（和室）的嗎？

2 家具がついていますか。
ka.gu.ga.tsu.i.te.i.ma.su.ka

有附家具嗎？

3 畳の部屋ですか。
ta.ta.mi.no.he.ya.de.su.ka

是榻榻米的房間嗎？

4 台所はどのくらいの広さですか。
da.i.do.ko.ro.wa.do.no.ku.ra.i.no.
hi.ro.sa.de.su.ka

廚房大概多大呢？

5 駐車場はありますか。
chu.u.sha.jo.o.wa.a.ri.ma.su.ka

有停車場嗎？

6 トイレは部屋についていますか。
to.i.re.wa.he.ya.ni.tsu.i.te.i.ma.su.ka

房間內有廁所嗎？

7 エアコンを取り付けてもらえますか。
e.a.ko.no.to.ri.tsu.ke.te.mo.ra.e.ma.su.ka

可以請你幫我裝
空調嗎？

🌱 週遭環境

1 環境は静かですか。
ka.n.kyo.o.wa.shi.zu.ka.de.su.ka

四周環境很安靜嗎？

2 一番近い駅はどこですか。
i.chi.ba.n.chi.ka.i.e.ki.wa.do.ko.de.su.ka

最近的車站在哪裡？

3 ここから駅までどのくらい
ありますか。
ko.ko.ka.ra.e.ki.ma.de.do.no.ku.ra.i.
a.ri.ma.su.ka

這裡離車站有多遠？

4 近くに病院がありますか。
chi.ka.ku.ni.byo.o.i.n.ga.a.ri.ma.su.ka

附近有醫院嗎？

🌱 租金

1 家賃はいくらですか。
ya.chi.n.wa.i.ku.ra.de.su.ka

租金多少？

2 三万円以内の部屋を探しています。
sa.n.ma.n.e.n.i.na.i.no.he.ya.o.
sa.ga.shi.te.i.ma.su

我想找三萬元以
內的房子。

3 敷金はいくらですか。
shi.ki.ki.n.wa.i.ku.ra.de.su.ka

押金要多少？

4 毎月どのように支払えばいいですか。
ma.i.tsu.ki.do.no.yo.o.ni.
shi.ha.ra.e.ba.i.i.de.su.ka

每月要如何支付
呢？

5 電気代やガス代はどうすれば
いいでしょうか。
de.n.ki.da.i.ya.ga.su.da.i.wa.
do.o.su.re.ba.i.i.de.sho.o.ka

電費和瓦斯費要
怎麼付呢？

契約

1 契約はいつですか。
けいやく
ke.i.ya.ku.wa.i.tsu.de.su.ka

何時訂契約？

2 保証人は必要ですか。
ほしょうにん　ひつよう
ho.sho.o.ni.n.wa.hi.tsu.yo.o.de.su.ka

需要保證人嗎？

3 いつから入れますか。
　　　　　はい
i.tsu.ka.ra.ha.i.re.ma.su.ka

什麼時候可以搬
進去？

単字充電站

🔊 **071**

ガス代を払うの
わすれちゃった！

租屋

や ちん 家賃 ya.chi.n 房租	しききん 敷金 shi.ki.ki.n 押金	すいどうだい 水道代 su.i.do.o.da.i 水費	でんき だい 電気代 de.n.ki.da.i 電費	だい ガス代 ga.su.da.i 瓦斯費
かんり ひ 管理費 ka.n.ri.hi 管理費	きょうえきひ 共益費 kyo.o.e.ki.hi 公共設施費	でんわ だい 電話代 de.n.wa.da.i 電話費	インターネット代 i.n.ta.a.ne.t.to.da.i 網路連線費	
れいきん 礼金 re.i.ki.n 酬謝金	ちゅうしゃじょう 駐車場あり chu.u.sha.jo.o.a.ri 附停車場	バス・トイレつき ba.su・to.i.re.tsu.ki 附浴室・廁所	
おおや　　　かんりにん 大家さん／管理人さん o.o.ya.sa.n／ka.n.ri.ni.n.sa.n 房東	ほしょうにん 保証人 ho.sho.o.ni.n 保證人	けいやく 契約 ke.i.ya.ku 契約	

房屋形式

マンション ma.n.sho.n 高級公寓	アパート a.pa.a.to 公寓	いっこだ 一戸建て i.k.ko.da.te 獨門獨戶	もくぞう 木造 mo.ku.zo.o 木造
てっきん 鉄筋 te.k.ki.n 鋼筋	1DK wa.n.di.i.ke.e 一房間+廚房餐廳合併		1LDK wa.n.e.ru.di.i.ke.e 一房間+客廳廚房餐廳合併
しゃくや 借家 sha.ku.ya 租房	ろくじょう 六畳 ro.ku.jo.o 六席(榻榻米)的房間		よじょうはん 四畳半 yo.jo.o.ha.n 四席半(榻榻米)的房間

内部結構

げんかん 玄関 ge.n.ka.n 前門、玄關	ろうか 廊下 ro.o.ka 走廊	へや 部屋 he.ya 房間	いま 居間 i.ma 和式客廳
しんしつ 寝室 shi.n.shi.tsu 寢室	わしつ 和室 wa.shi.tsu 和室	だいどころ 台所 da.i.do.ko.ro 廚房	トイレ to.i.re 廁所
せんめんじょ 洗面所 se.n.me.n.jo 盥洗室	ふろば 風呂場 fu.ro.ba 浴室	ふろ お風呂 o.fu.ro 浴池	おしいれ 押入れ o.shi.i.re 壁櫥(日式)

クローゼット ku.ro.o.ze.t.to 壁櫥（西式）	フローリング／床 fu.ro.o.ri.n.gu ／ yu.ka 地板	フロア fu.ro.a 樓層

たたみ ta.ta.mi 榻榻米	障子 sho.o.ji 日式拉窗	襖 fu.su.ma （兩面糊紙的）拉門

座布団 za.bu.to.n 坐墊	庭 ni.wa 庭院	縁側 e.n.ga.wa 日式陽台	ベランダ be.ra.n.da 陽台

ひげをそって
ください。

美髪

🌱 剪髮

1 このような<ruby>髪型<rt>かみがた</rt></ruby>にしてください。
ko.no.yo.o.na.ka.mi.ga.ta.ni.shi.te.
ku.da.sa.i

請幫我剪這種髮型。

2 カットだけでお<ruby>願<rt>ねが</rt></ruby>いします。
ka.t.to.da.ke.de.o.ne.ga.i.shi.ma.su

我想剪髮就好。

3 <ruby>短<rt>みじか</rt></ruby>めに<ruby>切<rt>き</rt></ruby>ってください。
mi.ji.ka.me.ni.ki.t.te.ku.da.sa.i

請幫我剪短一點。

4 もう<ruby>少<rt>すこ</rt></ruby>し<ruby>短<rt>みじか</rt></ruby>くしてください。
mo.o.su.ko.shi.mi.ji.ka.ku.shi.te.ku.da.sa.i

請再剪短一點。

5 <ruby>毛先<rt>けさき</rt></ruby>をそろえるだけにしてください。
ke.sa.ki.o.so.ro.e.ru.da.ke.ni.
shi.te.ku.da.sa.i

請幫我把髮尾修齊就好。

6 <ruby>後<rt>うし</rt></ruby>ろを<ruby>少<rt>すこ</rt></ruby>し<ruby>長<rt>なが</rt></ruby>めにしてください。
u.shi.ro.o.su.ko.shi.na.ga.me.ni.
shi.te.ku.da.sa.i

後面要稍微長一點。

7 <ruby>六時<rt>ろくじ</rt></ruby>までに<ruby>終<rt>お</rt></ruby>わりますか。
ro.ku.ji.ma.de.ni.o.wa.ri.ma.su.ka

六點前會結束嗎？

8 セットをお<ruby>願<rt>ねが</rt></ruby>いします。
se.t.to.o.o.ne.ga.i.shi.ma.su

我要吹髮。

9 シャンプーとセットをしてください。
sha.n.pu.u.to.se.t.to.o.shi.te.ku.da.sa.i

請幫我洗頭和吹髮。

10 <ruby>横<rt>よこ</rt></ruby>わけにしてください。
yo.ko.wa.ke.ni.shi.te.ku.da.sa.i

請幫我旁分。

11 カットとシャンプーでいくらになりますか。
ka.t.to.to.sha.n.pu.u.de.i.ku.ra.ni.na.ri.ma.su.ka

剪髮加洗髮要多少錢？

12 どの美容師さんでも結構です。
do.no.bi.yo.o.shi.sa.n.de.mo.ke.k.ko.o.de.su

哪一位美髮師都行。

13 予約は必要ですか。
yo.ya.ku.wa.hi.tsu.yo.o.de.su.ka

需要預約嗎？

🌿 美容院

1 パーマをかけてください。
pa.a.ma.o.ka.ke.te.ku.da.sa.i

請幫我燙髮。

2 ストレートパーマをかけたいんですが。
su.to.re.e.to.pa.a.ma.o.ka.ke.ta.i.n.de.su.ga

請幫我燙離子燙。

3 肩ぐらいの長さに切ってください。
ka.ta.gu.ra.i.no.na.ga.sa.ni.ki.t.te.ku.da.sa.i

請幫我剪到肩膀的長度。

4 前髪を作ってください。
ma.e.ga.mi.o.tsu.ku.t.te.ku.da.sa.i

請幫我剪出瀏海。

5 すいてください。
su.i.te.ku.da.sa.i

請幫我打薄。

🌿 理髮店

1 カットをお願いします。
ka.t.to.o.o.ne.ga.i.shi.ma.su

請幫我剪髮。

2 ひげをそってください。
hi.ge.o.so.t.te.ku.da.sa.i

請幫我刮鬍子。

3 もみあげを残してください。
mo.mi.a.ge.o.no.ko.shi.te.ku.da.sa.i

鬢角請幫我留著不要剪。

美容用語

美容院 びよういん bi.yo.o.i.n 美容院	床屋／理容院 とこや／りよういん to.ko.ya／ri.yo.o.in 理髮店	ヘアサロン he.a.sa.ro.n 美髮沙龍	美容師 びようし bi.yo.o.shi 髮型師

カット ka.t.to 剪髮	パーマ pa.a.ma 燙髮	ストレートパーマ su.to.re.e.to.pa.a.ma 離子燙

シャンプー sha.n.pu.u 洗髮	セット se.t.to 吹整頭髮	マッサージ ma.s.sa.a.ji 按摩	はさみ ha.sa.mi 剪髮刀

かみそり ka.mi.so.ri 剃刀	ひげそり／シェーバー hi.ge.so.ri／she.e.ba.a 刮鬍刀	まえがみ ma.e.ga.mi 瀏海

もみあげ mo.mi.a.ge 鬢角	えりあし e.ri.a.shi 髮際（頸部）	ひげ hi.ge 鬍子	予約 よやく yo.ya.ku 預約

予約して
いません。

❀ beauty ❀

予約して
ありますか？

Hair Salon

詢問

1 温泉はどこですか。
on.se.n.wa.do.ko.de.su.ka
請問哪裡有溫泉？

2 この近くに温泉はありますか。
ko.no.chi.ka.ku.ni.on.se.n.wa.a.ri.ma.su.ka
這附近有溫泉嗎？

3 温泉は何時からですか。
on.se.n.wa.na.n.ji.ka.ra.de.su.ka
泡溫泉幾點開始？

4 何時まで開いてますか。
na.n.ji.ma.de.a.i.te.ma.su.ka
開到幾點？

5 石鹸やシャンプーなどがありますか。
se.k.ke.n.ya.sha.n.pu.u.na.do.ga.a.ri.ma.su.ka
有肥皂和洗髮精嗎？

6 何を持っていけばいいですか。
na.ni.o.mo.t.te.i.ke.ba.i.i.de.su.ka
要帶什麼東西去呢？

7 どちらが男性(女性)の入り口ですか。
do.chi.ra.ga.da.n.se.i(jo.se.i).no.i.ri.gu.chi.de.su.ka
哪邊是男生浴池(女生浴池)的入口呢？

8 シャンプーとリンスをください。
sha.n.pu.u.to.ri.n.su.o.ku.da.sa.i
請給我洗髮精和潤髮精。

9 ここ空いていますか。
ko.ko.a.i.te.i.ma.su.ka
這裡有人用嗎？

10 この洗面器を使ってもいいですか。
ko.no.se.n.me.n.ki.o.tsu.ka.t.te.mo.i.i.de.su.ka
我可以用這個洗臉台嗎？

鍵をなくしました。

遇到問題時

🌱 尋求幫助

1 助けて！
_{たす}
ta.su.ke.te

救命！

2 どうしたんですか。
do.o.shi.ta.n.de.su.ka

發生什麼事了？

3 交番はどこか教えてください。
_{こうばん}　　　　　_{おし}
ko.o.ba.n.wa.do.ko.ka.o.shi.e.te.ku.da.sa.i

請告訴我派出所在哪裡。

4 警察署へ連れて行ってください。
_{けいさつしょ}　　_つ　_い
ke.i.sa.tsu.sho.e.tsu.re.te.i.tte.ku.da.sa.i

請帶我去警察局。

5 警察を呼んでください。
_{けいさつ}　_よ
ke.i.sa.tsu.o.yo.n.de.ku.da.sa.i

請幫我叫警察。

6 警察に届けたいのです。
_{けいさつ}　_{とど}
ke.i.sa.tsu.ni.to.do.ke.ta.i.no.de.su

我想（把這個）交給警察。

🌱 遺失物品

1 切符をなくしました。
_{きっぷ}
ki.p.pu.o.na.ku.shi.ma.shi.ta

我把車票弄丟了。

2 財布をなくしました。
_{さいふ}
sa.i.fu.o.na.ku.shi.ma.shi.ta

我弄丟錢包了。

3 財布をどこかに置き忘れました。
_{さいふ}　　　　　_お　_{わす}
sa.i.fu.o.do.ko.ka.ni.o.ki.wa.su.re.ma.shi.ta

我忘了把錢包放在哪裡了。

4 電車の中にかばんを置き忘れました。
_{でんしゃ}　_{なか}　　　　　_お　_{わす}
de.n.sha.no.na.ka.ni.ka.ba.n.o.
o.ki.wa.su.re.ma.shi.ta

我把包包忘在電車裡了。

5 車の番号は覚えていません。
<ruby>車<rt>くるま</rt></ruby>の<ruby>番号<rt>ばんごう</rt></ruby>は<ruby>覚<rt>おぼ</rt></ruby>えていません。
ku.ru.ma.no.ba.n.go.o.wa.o.bo.e.te.
i.ma.se.n

我不記得車號。

6 再発行していただけますか。
<ruby>再発行<rt>さいはっこう</rt></ruby>していただけますか。
sa.i.ha.k.ko.o.shi.te.i.ta.da.ke.ma.
su.ka

能再發一張新卡給我嗎？

7 きのうなくしました。
ki.no.o.na.ku.shi.ma.shi.ta

昨天弄丟了。

8 いま探していただけますか。
いま<ruby>探<rt>さが</rt></ruby>していただけますか。
i.ma.sa.ga.shi.te.i.ta.da.ke.ma.su.ka

現在能幫我找一下嗎？

9 遺失物取扱所はどこですか。
<ruby>遺失物取扱所<rt>いしつぶつとりあつかいじょ</rt></ruby>はどこですか。
i.shi.tsu.bu.tsu.to.ri.a.tsu.ka.i.jo.wa.
do.ko.de.su.ka

失物招領處在哪裡？

10 見つかり次第連絡してもらえますか。
<ruby>見<rt>み</rt></ruby>つかり<ruby>次第<rt>しだい</rt></ruby><ruby>連絡<rt>れんらく</rt></ruby>してもらえますか。
mi.tsu.ka.ri.shi.da.i.
re.n.ra.ku.shi.te.mo.ra.e.ma.su.ka

找到之後能請你跟我連絡嗎？

🚗 交通事故

1 交通事故に遭いました。
<ruby>交通事故<rt>こうつうじこ</rt></ruby>に<ruby>遭<rt>あ</rt></ruby>いました。
ko.o.tsu.u.ji.ko.ni.a.i.ma.shi.ta

我發生車禍了。

2 衝突しました。
<ruby>衝突<rt>しょうとつ</rt></ruby>しました。
sho.o.to.tsu.shi.ma.shi.ta

我撞車了。

3 バイクにぶつかりました。
ba.i.ku.ni.bu.tsu.ka.ri.ma.shi.ta

我撞到摩托車了。

4 制限速度を守っていました。
<ruby>制限速度<rt>せいげんそくど</rt></ruby>を<ruby>守<rt>まも</rt></ruby>っていました。
se.i.ge.n.so.ku.do.o.ma.mo.t.te.
i.ma.shi.ta

我有遵守限速。

5 信号は青でした。
<ruby>信号<rt>しんごう</rt></ruby>は<ruby>青<rt>あお</rt></ruby>でした。
shi.n.go.o.wa.a.o.de.shi.ta

那時是綠燈。

6 怪我人がいます。
ke.ga.ni.n.ga.i.ma.su

有人受傷了。

7 救急車を呼んでください。
kyu.u.kyu.u.sha.o.yo.n.de.ku.da.sa.i

請幫忙叫救護車。

8 車がエンコしてしまいました。
ku.ru.ma.ga.e.n.ko.shi.te.shi.ma.i.ma.shi.ta

車子拋錨了。

9 タイヤがパンクしました。
ta.i.ya.ga.pa.n.ku.shi.ma.shi.ta

爆胎了。

遭小偷

1 泥棒！
do.ro.bo.o

小偷！

2 財布を取られました。
sa.i.fu.o.to.ra.re.ma.shi.ta

我的錢包被搶了。

3 パスポートを盗まれました。
pa.su.po.o.to.o.nu.su.ma.re.ma.shi.ta

護照被偷了。

4 泥棒に入られました。
do.ro.bo.o.ni.ha.i.ra.re.ma.shi.ta

房間遭小偷了。

5 スリに遭いました。
su.ri.ni.a.i.ma.shi.ta

我被扒手扒了。

6 ほんの数分前のことです。
ho.n.no.su.u.fu.n.ma.e.no.ko.to.de.su

才不過幾分鐘前
的事。

7 引ったくりに遭いました。
hi.t.ta.ku.ri.ni.a.i.ma.shi.ta

我被搶了。

8 バイクに乗っていました。
ba.i.ku.ni.no.t.te.i.ma.shi.ta

他騎著摩托車
逃走了。

小孩走失

1 道に迷いました。
mi.chi.ni.ma.yo.i.ma.shi.ta

我迷路了。

2 子供とはぐれたのです。
ko.do.mo.to.ha.gu.re.ta.no.de.su

我的小孩走失了。

3 名前は多恵です。
na.ma.e.wa.ta.e.de.su

她的名字叫多惠。

4 五歳の女の子(男の子)です。
go.sa.i.no.o.n.na.no.ko(o.to.ko.no.ko)de.su

五歲的小女孩
(小男孩)。

5 黄色いトレーナーに青いズボン
をはいています。
ki.i.ro.i.to.re.e.na.a.ni.a.o.i.zu.bo.n.
o.ha.i.te.i.ma.su

她穿著黃色上衣
配藍色褲子。

6 子供を捜してください。
ko.do.mo.o.sa.ga.shi.te.ku.da.sa.i

請幫我尋找孩子。

 單字充電站

◀ 076

求助・事件

警察署	交番	遺失物取扱所
ke.i.sa.tsu.sho	ko.o.ba.n	i.shi.tsu.bu.tsu.to.ri.a.tsu.ka.i.jo
警察局	派出所	失物招領處

スリ	痴漢	泥棒	ひったくり
su.ri	chi.ka.n	do.ro.bo.o	hi.t.ta.ku.ri
扒手	色狼	小偷	搶劫

空き巣	火事	ガス漏れ	交通事故
a.ki.su	ka.ji	ga.su.mo.re	ko.o.tsu.u.ji.ko
闖空門	火災	瓦斯外漏	交通意外

ちょっと熱があります。

生病時

🔊 077

尋求幫助

1 病院へ連れて行ってください。
びょういん　つ　　い
byo.o.i.n.e.tsu.re.te.i.t.te.ku.da.sa.i
請帶我到醫院。

2 一番近い病院はどこですか。
いちばんちか　びょういん
i.chi.ba.n.chi.ka.i byo.o.i.n.wa.do.ko.de.su.ka
最近的醫院在哪裡？

3 ひとりでは動けません。
うご
hi.to.ri.de.wa.u.go.ke.ma.se.n
我自己不能動。

4 助けてください。
たす
ta.su.ke.te.ku.da.sa.i
請幫我一下。

5 救急車を呼んでください。
きゅうきゅうしゃ　よ
kyu.u.kyu.u.sha.o.yo.n.de.ku.da.sa.i
請幫我叫救護車。

6 お医者さんを呼んでください。
いしゃ
o.i.sha.sa.n.o.yo.n.de.ku.da.sa.i
請幫我叫醫生來。

掛號

1 診察を受けたいのですが。
しんさつ　う
shi.n.sa.tsu.o.u.ke.ta.i.no.de.su.ga
我想要看診。

2 予約していないのですが、構いませんか。
よやく　　　　　　　　　　　　かま
yo.ya.ku.shi.te.i.na.i.no.de.su.ga、
ka.ma.i.ma.se.n.ka
我沒有預約可以嗎？

3 急診をお願いします。
きゅうしん　ねが
kyu.u.shi.n.o.o.ne.ga.i.shi.ma.su
麻煩你，我要急診。

傳達症狀

1 気分が悪いです。
き　ぶん　わる
ki.bu.n.ga.wa.ru.i.de.su
我覺得不舒服。

2 お腹が痛いです。
なか いた
o.na.ka.ga.i.ta.i.de.su

我肚子痛。

3 胃が刺すように痛みます。
い さ いた
i.ga.sa.su.yo.o.ni.i.ta.mi.ma.su

我的腹部陣陣刺痛。

4 とても痛いです。
いた
to.te.mo.i.ta.i.de.su

非常痛。

5 頭痛がします。
ず つう
zu.tsu.u.ga.shi.ma.su

我頭痛。

6 寒気(悪寒)がします。
さむ け お かん
sa.mu.ke(o.ka.n)ga.shi.ma.su

我發冷。

7 眩暈がします。
め まい
me.ma.i.ga.shi.ma.su

我頭暈。

8 吐き気がします。
は け
ha.ki.ke.ga.shi.ma.su

我覺得噁心想吐。

9 ちょっと熱があります。
ねつ
cho.t.to.ne.tsu.ga.a.ri.ma.su

我有點發燒。

10 下痢です。
げ り
ge.ri.de.su

我拉肚子。

11 痔です。
じ
ji.de.su

我患了痔瘡。

12 高血圧です。
こうけつあつ
ko.o.ke.tsu.a.tsu.de.su

我有高血壓。

與醫生對話

1 注射をしますか。
ちゅうしゃ
chu.u.sha.o.shi.ma.su.ka

要打針嗎？

2 妊娠をしています。
にんしん
ni.n.shi.n.o.shi.te.i.ma.su

懷孕了。

3 ペニシリンにアレルギーを起こします。
お
pe.ni.shi.ri.n.ni.a.re.ru.gi.i.o.o.ko.shi.ma.su

我對青黴素過敏。

4 すぐに治りますか。
su.gu.ni.na.o.ri.ma.su.ka

很快就會好嗎？

5 どうしたんですか。
do.o.shi.ta.n.de.su.ka

怎麼了？

6 どこか悪いのですか。
do.ko.ka.wa.ru.i.no.de.su.ka

是不是哪裡不舒服？

7 調子が悪そうですね。
cho.o.shi.ga.wa.ru.so.o.de.su.ne

你看起來不太對勁耶。

8 アレルギーはありますか。
a.re.ru.gi.i.wa.a.ri.ma.su.ka

你會藥物過敏嗎？

會話

ここが痛いですか。
ko.ko.ga.i.ta.i.de.su.ka

這裡痛嗎？

はい、痛いです。
ha.i、i.ta.i.de.su

是的，很痛。

別人生病時

🔊 078

1 友人が病気です。
yu.u.ji.n.ga.byo.o.ki.de.su

我朋友生病了。

2 意識を失っています。
i.shi.ki.o.u.shi.na.t.te.i.ma.su

他失去意識了。

3 顔が真っ青です。
ka.o.ga.ma.s.sa.o.de.su

她的臉色發青。

受傷

1 怪我をしています。
ke.ga.o.shi.te.i.ma.su

我受傷了。

2 足の骨を折りました。
a.shi.no.ho.ne.o.o.ri.ma.shi.ta

我的腳骨折了。

3 出血しています。
shu.k.ke.tsu.shi.te.i.ma.su

流血了。

4 腕に擦り傷を作りました。
u.de.ni.su.ri.ki.zu.o.tsu.ku.ri.ma.shi.ta

我的手擦傷了。

5 手首を捻挫しました。
te.ku.bi.o.ne.n.za.shi.ma.shi.ta

手腕扭傷了。

6 火傷をしました。
ya.ke.do.o.shi.ma.shi.ta

我被燙傷了。

7 階段から落ちました。
ka.i.da.n.ka.ra.o.chi.ma.shi.ta

從樓梯摔下來。

8 傷が完治するまでにどのくらい
かかりますか。
ki.zu.ga.ka.n.chi.su.ru.ma.de.ni.
do.no.ku.ra.i.ka.ka.ri.ma.su.ka

傷口要花多久時
間才能完全治癒？

🌾 服薬

1 腹痛の薬はありますか。
fu.ku.tsu.u.no.ku.su.ri.wa.a.ri.ma.su.ka

有沒有肚子痛的藥？

2 頭痛には何が効きますか。
zu.tsu.u.ni.wa.na.ni.ga.ki.ki.ma.su.ka

什麼對頭痛有效？

3 いつ飲むのですか。
i.tsu.no.mu.no.de.su.ka

何時服用？

4 一回にいくつ飲むのですか。
i.k.ka.i.ni.i.ku.tsu.no.mu.no.de.su.ka

一次服用幾粒？

5 一日に何回飲むのですか。
i.chi.ni.chi.ni.na.n.ka.i.no.mu.no.de.su.ka

一天服用幾次？

6 それは抗生物質ですか。
so.re.wa.ko.o.se.i.bu.s.shi.tsu.de.su.ka

那是抗生素嗎？

7 これは解熱剤ですか。
ko.re.wa.ge.ne.tsu.za.i.de.su.ka

這是退燒藥嗎？

看醫生

びょうき **病気** byo.o.ki 生病	けが **怪我** ke.ga 受傷	いしゃ **お医者さん** o.i.sha.sa.n 醫生

かんごふ **看護婦さん** ka.n.go.fu.sa.n 護士	かんじゃ **患者さん** ka.n.ja.sa.n 病患

びょういん **病院** byo.o.i.n 醫院	うけつけ **受付** u.ke.tsu.ke 掛號處	しんさつしつ **診察室** shin.sa.tsu.shi.tsu 診療處	ちゅうしゃ **注射** chu.u.sha 打針

てんてき **点滴** te.n.te.ki 打點滴	しゅじゅつ **手術** shu.ju.tsu 手術	ますい **麻酔** ma.su.i 麻醉	きゅうかん **急患** kyu.u.ka.n 緊急病患

しょくじりょうほう **食事療法** sho.ku.ji.ryo.o.ho.o 飲食療法	にゅういん **入院** nyu.u.i.n 住院	たいいん **退院** ta.i.i.n 出院

きゅうきゅうしゃ **救急車** kyu.u.kyu.u.sha 救護車	 救急車を呼んで ください。

醫院內各科名稱

ないか 内科 na.i.ka 內科	げか 外科 ge.ka 外科	しょうにか 小児科 sho.o.ni.ka 小兒科	じびいんこうか 耳鼻咽喉科 ji.bi.i.n.ko.o.ka 耳鼻喉科
いちょうか 胃腸科 i.cho.o.ka 腸胃科	がんか 眼科 ga.n.ka 眼科	しか 歯科 shi.ka 齒科	さんふじんか 産婦人科 sa.n.fu.ji.n.ka 婦產科
ひふか 皮膚科 hi.fu.ka 皮膚科	せいしんか 精神科 se.i.shi.n.ka 精神科	ひにょうきか 泌尿器科 hi.nyo.o.ki.ka 泌尿科	か アレルギー科 a.re.ru.gi.i.ka 過敏科
しんりょうないか 心療内科 shi.n.ryo.o.na.i.ka 心理醫科			

わたしは歯科
の医者です。

症狀

ずつう 頭痛 zu.tsu.u 頭痛	いつう 胃痛 i.tsu.u 胃痛	はいた 歯痛 ha.i.ta 牙齒痛	せき 咳 se.ki 咳嗽
げり 下痢 ge.ri 拉肚子	べんぴ 便秘 be.n.pi 便秘	はなみず 鼻水がでます ha.na.mi.zu.ga.de.ma.su 流鼻水	

寒気／悪寒 さむけ／おかん sa.mu.ke/o.ka.n 發冷	吐き気 は け ha.ki.ke 噁心（想吐）	眩暈 めまい me.ma.i 頭昏眼花	かゆみ ka.yu.mi 發癢
かぶれ ka.bu.re 斑疹	火傷 やけど ya.ke.do 燒傷、燙傷	虫刺され むし さ mu.shi.sa.sa.re 昆蟲咬傷	二日酔い ふつか よ fu.tsu.ka.yo.i 宿醉
風邪 か ぜ ka.ze 感冒	肺炎 はいえん ha.i.e.n 肺炎	盲腸炎 もうちょうえん mo.o.cho.o.e.n 盲腸炎	扁桃腺炎 へんとうせんえん he.n.to.o.se.n.e.n 扁桃腺炎
ノロウイルス no.ro.u.i.ru.su 急性腸胃炎（諾羅病毒）		じんましん ji.n.ma.shi.n 蕁麻疹	骨折 こっせつ ko.s.se.tsu 骨折
捻挫 ねん ざ ne.n.za 扭傷	アレルギー a.re.ru.gi.i 過敏	寝違える ね ちが ne.chi.ga.e.ru 落枕	二日酔い！

身体 からだ ka.ra.da 身體	頭 あたま a.ta.ma 頭	顔 かお ka.o 臉	額 ひたい hi.ta.i 額頭	目 め me 眼睛

みみ 耳 mi.mi 耳朵	はな 鼻 ha.na 鼻子	は 歯 ha 牙齒	くち 口 ku.chi 嘴巴	した 舌 shi.ta 舌頭
あご 顎 a.go 下巴	のど 喉 no.do 喉嚨	くび 首 ku.bi 脖子	かた 肩 ka.ta 肩膀	むね 胸 mu.ne 胸
なか お腹 o.na.ka 肚子	うで 腕 u.de 手臂	て 手 te 手	ゆび 指 yu.bi 手指	あし 足 a.shi 腳
もも mo.mo 大腿	ひざ 膝 hi.za 膝蓋	ふくらはぎ fu.ku.ra.ha.gi 小腿		い 胃 i 胃
しんぞう 心臓 shi.n.zo.o 心臟	はい 肺 ha.i 肺	かんぞう 肝臓 ka.n.zo.o 肝臟	じんぞう 腎臓 ji.n.zo.o 腎臟	ちょう 腸 cho.o 腸
し きゅう 子宮 shi.kyu.u 子宮	ほね 骨 ho.ne 骨頭	ち けつえき 血／血液 chi／ke.tsu.e.ki 血／血液		けっかん 血管 ke.k.ka.n 血管
しんけい 神経 shi.n.ke.i 神經	ひ ふ 皮膚 hi.fu 皮膚			

歯が痛い～

薬 ku.su.ri 藥	薬局／ドラッグストア ya.k.kyo.ku／do.ra.g.gu.su.to.a 藥房、藥局	処方箋 sho.ho.o.se.n 處方箋

目薬 me.gu.su.ri 眼藥	胃薬 i.gu.su.ri 胃藥	頭痛薬 zu.tsu.u.ya.ku 頭痛藥	風邪薬 ka.ze.gu.su.ri 感冒藥

下痢止め ge.ri.do.me 止瀉藥	かゆみ止め ka.yu.mi.do.me 止癢藥	ビタミン剤 bi.ta.mi.n.za.i 維他命劑	下剤 ge.za.i 瀉藥

アスピリン a.su.pi.ri.n 阿斯匹靈	軟膏 na.n.ko.o 軟膏	救急箱 kyu.u.kyu.u.ba.ko 急救箱

体温計 ta.i.o.n.ke.i 體溫計	湿布 shi.p.pu 貼布	包帯 ho.o.ta.i 繃帶	ガーゼ ga.a.ze 紗布

バンドエイド／絆創膏 ba.n.do.e.i.do／ba.n.so.o.ko.o OK繃

薬屋

風邪薬は
ありますか？

ありますよ！

ドラッグストア

電腦用語

🔊 081

🌿 上網

1 インターネットをする。 上網
i.n.ta.a.ne.t.to.o.su.ru

電腦相關產品名稱

パソコン pa.so.ko.n 電腦	ノートパソコン no.o.to.pa.so.ko.n 筆記型電腦	ミニノートパソコン mi.ni.no.o.to.pa.so.ko.n 小筆電
タブレットパソコン ta.bu.re.t.to.pa.so.ko.n 平板電腦	画面 ga.me.n 電腦畫面	モニター mo.ni.ta.a 電腦顯示器
マウス ma.u.su 滑鼠	カートリッジ ka.a.to.ri.j.ji 墨水匣	インク i.n.ku 墨水	スキャナー su.kya.na.a 掃描器
プリンター pu.ri.n.ta.a 印表機	LAN ケーブル ra.n.ke.e.bu.ru 網路線
メモリーカード me.mo.ri.i.ka.a.do 記憶卡	ハードディスク ha.a.do.di.su.ku 硬碟

キーボード ki.i.bo.o.do 鍵盤	エンターキー e.n.ta.a.ki.i Enter鍵	スペースキー su.pe.e.su.ki.i 空白鍵	シフトキー shi.fu.to.ki.i Shift鍵
デリートキー de.ri.i.to.ki.i Delete 鍵	オルトキー o.ru.to.ki.i Alt 鍵		

カーソル ka.a.so.ru 游標	ツールバー tsu.u.ru.ba.a 工具列	アドレス帳^{ちょう} a.do.re.su.cho.o 通訊錄	ウイルス u.i.ru.su 病毒
オフライン o.fu.ra.i.n 離線	オンライン o.n.ra.i.n 上線	拡張子^{かくちょうし} ka.ku.cho.o.shi 副檔名	ごみ箱^{ばこ} go.mi.ba.ko 資源回收筒
スクリーンセーバー su.ku.ri.i.n.se.e.ba.a 螢幕保護程式		ソフトウェア so.fu.to.we.a 軟體	ハードウェア ha.a.do.we.a 硬體
ファイル fa.i.ru 資料夾	フォルダ fo.ru.da 文件夾	フォント fo.n.to 字型	トップページ to.p.pu.pe.e.ji 首頁

添付ファイル	電子メール	メールボックス
te.n.pu.fa.i.ru	de.n.shi.me.e.ru	me.e.ru.bo.k.ku.su
附檔	電子郵件	收信匣

ホームページ	ホームページアドレス	壁紙
ho.o.mu.pe.e.ji	ho.o.mu.pe.e.ji.a.do.re.su	ka.be.ga.mi
網頁	網址	桌布

操作

圧縮	インストール	キャンセル	クリック
a.s.shu.ku	i.n.su.to.o.ru	kya.n.se.ru	ku.ri.k.ku
壓縮	安裝	取消	點滑鼠一下

ダブルクリック	再起動	スキャン	ダウンロード
da.bu.ru.ku.ri.k.ku	sa.i.ki.do.o	su.kya.n	da.u.n.ro.o.do
點兩下	重新啟動電腦	掃描	下載

電源を入れる	電源を切る
de.n.ge.n.o.i.re.ru	de.n.ge.n.o.ki.ru
打開電源	關掉電源

入力	ドラッグする	フォーマット
nyu.u.ryo.ku	do.ra.g.gu.su.ru	fo.o.ma.t.to
輸入	拖曳	格式化

1 友達を招待します。 邀請朋友。
to.mo.da.chi.o.sho.o.ta.i.shi.
ma.su

2 ウォールに書き込みましょう。 在牆上留言。
wo.o.ru.ni.ka.ki.ko.mi.ma.sho.o

3 プロフィール写真を変えます。 換大頭貼。
pu.ro.fi.i.ru.sha.shi.n.o.ka.e.ma.
su

其他

絵文字 e.mo.ji 表情符號	顔文字 ka.o.mo.ji 表情符號

フリーズ fu.ri.i.zu 當機	文字化け mo.ji.ba.ke 亂碼	容量 yo.o.ryo.o 容量	スカイプ su.ka.i.pu SKYPE

ミクシィー mi.ku.shi.i mixi 社群網站	フェイスブック fe.i.su.bu.k.ku 臉書（facebook）	ツイッター tsu.i.t.ta.a 推特（twitter）

いいね i.i.ne 讚	シエア she.a 分享	コメントする ko.me.n.to.su.ru 留言	つぶやき tsu.bu.ya.ki 自言自語

ひとりで
寂しいです。

喜怒哀樂

喜

1 私はとても幸せです。
wa.ta.shi.wa.to.te.mo.shi.a.wa.se.de.su
我非常幸福。

2 最高です。
sa.i.ko.o.de.su
太棒了！

3 生きててよかった。
i.ki.te.te.yo.ka.t.ta
活著真好！

會話

うれしそうですね、何か
ありましたか。
u.re.shi.so.o.de.su.ne、
na.ni.ka.a.ri.ma.shi.ta.ka
你看起來很高興
的樣子喔！有什
麼好事發生嗎？

ええ、ちょっと。
e.e、cho.t.to
嗯、是啊。

いいですね。
i.i.de.su.ne
真好！

關於「喜」的其他表現

うれしい u.re.shi.i 高興	うれしくてたまらない u.re.shi.ku.te.ta.ma.ra.na.i 高興得不得了	面白い o.mo.shi.ro.i 有趣
幸せ shi.a.wa.se 幸福	すごい su.go.i 太棒了	

あ～
幸せ～

怒

1 いらいらします。
i.ra.i.ra.shi.ma.su
很焦躁。

2 不公平です。
fu.ko.o.he.i.de.su
不公平。

3 頭に来ました。
a.ta.ma.ni.ki.ma.shi.ta
真令人生氣。

4 馬鹿にしないでください。
ba.ka.ni.shi.na.i.de.ku.da.sa.i
別瞧不起人。

5 我慢できません。
ga.ma.n.de.ki.ma.se.n
我受不了了。

6 虫が良すぎます。
mu.shi.ga.yo.su.gi.ma.su
太自私了。

7 あなたのやり方は卑怯です。
a.na.ta.no.ya.ri.ka.ta.wa.hi.kyo.o.de.su
你的作法太卑鄙了。

關於「怒」的其他表現

目の敵にする me.no.ka.ta.ki.ni.su.ru 當成眼中釘	腑に落ちない fu.ni.o.chi.na.i 無法理解	うんざりする u.n.za.ri.su.ru 受夠了

 哀

1 あなたがいなくて寂しいです。
a.na.ta.ga.i.na.ku.te.sa.bi.shi.i.de.su
你不在我好寂寞。

2 憂鬱です。
yu.u.u.tsu.de.su
我很鬱卒。

3 気がめいります。
ki.ga.me.i.ri.ma.su
灰心喪氣。

4 何もやる気がおきません。
na.ni.mo.ya.ru.ki.ga.o.ki.ma.se.n

一點都提不起勁來。

5 とても悲しそうですね。
to.te.mo.ka.na.shi.so.o.de.su.ne

他看起來好像很
悲傷。

6 気を落とさないでください。
ki.o.o.to.sa.na.i.de.ku.da.sa.i

別洩氣。

關於「哀」的其他表現

悲しい ka.na.shi.i 悲傷	がっかりする ga.k.ka.ri.su.ru 失望	残念 za.n.ne.n 可惜	さびしい sa.bi.shi.i 寂寞

樂

1 とても楽しみです。
to.te.mo.ta.no.shi.mi.de.su

我非常期待。

2 今日はとても楽しかったです。
kyo.o.wa.to.te.mo.ta.no.shi.ka.t.ta.de.su

今天（玩得）非
常開心。

關於「樂」的其他表現

楽しい ta.no.shi.i 愉快、高興	うきうきする u.ki.u.ki.su.ru 高興（得坐不住）	わくわくする wa.ku.wa.ku.su.ru 期待
面白い o.mo.shi.ro.i 好玩、有趣	満足 ma.n.zo.ku 滿足	

ご飯を三杯
食べた！満足！

友だちは
多いです。

友情篇

🌿 我的朋友

1 友^{とも}だちは多^{おお}いです。
to.mo.da.chi.wa.o.o.i.de.su

我有很多朋友。

2 スポーツ仲間^{なか ま}がたくさんいます。
su.po.o.tsu.na.ka.ma.ga.ta.ku.
sa.ni.ma.su

我有很多運動的夥伴。

3 私^{わたし}と○○は中学^{ちゅうがく}からの親友^{しんゆう}です。
wa.ta.shi.to. ○○ .wa.chu.u.ga.
ku.ka.ra.no.shi.n.yu.u.de.su

我和○○是打從國中就認識的摯友。

🌿 單字充電站

朋友

友^{とも}だち to.mo.da.chi 朋友	仲間^{なか ま} na.ka.ma 夥伴	親友^{しんゆう} shi.n.yu.u 摯友	仲良^{なか よ}し na.ka.yo.shi 好朋友
友情^{ゆうじょう} yu.u.jo.o 友情	男友達^{おとことも だち} o.to.ko.to.mo.da.chi 男性友人		女友達^{おんなとも だち} o.n.na.to.mo.da.chi 女性友人
喧嘩^{けん か} ke.n.ka 吵架	絶交^{ぜっこう} ze.k.ko.o 絕交	仲直^{なか なお}り na.ka.na.o.ri 和好	友達作^{ともだちづく}り to.mo.da.chi.zu.ku.ri 交朋友

戀愛篇

私は中原くんが好きです。

🌿 喜歡・單戀

1 私は中原くんが好きです。
わたし なかはら す
wa.ta.shi.wa.na.ka.ha.ra.ku.n.ga.su.ki.de.su

我喜歡中原。

2 仲間さんに片思いしています。
なか ま かたおも
na.ka.ma.sa.n.ni.ka.ta.o.mo.i.shi.te.i.ma.su

我暗戀仲間。

3 理恵さんが大好きです。
り え だいす
ri.e.sa.n.ga.da.i.su.ki.de.su

我最喜歡理惠了。

4 太郎くんを気に入っています。
た ろう き い
ta.ro.o.ku.n.no.ki.ni.i.t.te.i.ma.su

我喜歡太郎。

🌿 告白

1 僕はまりさんが好きです。
ぼく す
bo.ku.wa.ma.ri.sa.n.ga.su.ki.de.su

我喜歡麻理。

2 付き合ってください。
つ あ
tsu.ki.a.t.te.ku.da.sa.i

請跟我交往。

3 ずっと前から好きでした。
まえ す
zu.t.to.ma.e.ka.ra.su.ki.de.shi.ta

我喜歡你很久了。

4 本気です。
ほん き
ho.n.ki.de.su

我是認真的。

1 彼氏からプロポーズされた。
ka.re.shi.ka.ra.pu.ro.po.o.zu.sa.re.ta

男朋友向我求婚了。

2 私と結婚してください。
wa.ta.shi.to.ke.k.ko.n.shi.te.ku.da.sa.i

請和我結婚。

3 一生あなたを守ります。
i.s.sho.o.a.na.ta.o.ma.mo.ri.ma.su

我會守護你一輩子。

4 婚約者の○○君です。
ko.n.ya.ku.sha.no. ○○ .ku.n.de.su

這是我的未婚夫○○。

✿ 單字充電站

情侶・夫妻

恋人同士 ko.i.bi.to.do.o.shi 情侶檔	彼氏 ka.re.shi 男朋友	彼女 ka.no.jo 女朋友	元カレ mo.to.ka.re 前男友
元カノ mo.to.ka.no 前女友	夫婦 fu.u.fu 夫妻	旦那／主人 da.n.na / shu.ji.n 先生	妻／奥さん tsu.ma / o.ku.sa.n 妻子
元夫 mo.to.o.t.to 前夫	元妻 mo.to.tsu.ma 前妻	プロポーズ pu.ro.po.o.zu 求婚	婚約者 ko.n.ya.ku.sha 未婚夫(妻)

入籍／結婚式 nyu.u.se.ki / ke.k.ko.n.shi.ki 登記結婚／結婚典禮	ハネムーン／新婚旅行 ha.ne.mu.u.n / shi.n.ko.n.ryo.ko.o 蜜月旅行

わたしは
サッカークラブ
に入っています。

學校

🌱 科系

會話 ❶

なに がっか
何学科ですか。　　　　　你是什麼系的？
na.ni.ga.k.ka.de.su.ka

こくさいぼうえきがっか
国際貿易学科です。　　　國貿系。
ko.ku.sa.i.bo.o.e.ki.ga.k.ka.de.su

會話 ❷

なん　　 べんきょう
何の勉強をしていますか。　你唸什麼的呢？
na.n.no.be.n.kyo.o.o.shi.te.i.ma.su.ka

に ほん　おんがく　まな
日本の音楽を学んでいます。　我在唸日本音樂。
ni.ho.n.no.o.n.ga.ku.o.ma.na.n.de.i.ma.su

各學系名稱

ほうがくぶ 法学部 ho.o.ga.ku.bu 法律系	けいざいがくぶ 経済学部 ke.i.za.i.ga.ku.bu 經濟系	しょうがくぶ 商学部 sho.o.ga.ku.bu 商學系	ぶんがくぶ 文学部 bu.n.ga.ku.bu 文學系
きょういくがくぶ 教育学部 kyo.o.i.ku.ga.ku.bu 教育學系	り がくぶ 理学部 ri.ga.ku.bu 理學系	こうがくぶ 工学部 ko.o.ga.ku.bu 工學系	のうがくぶ 農学部 no.o.ga.ku.bu 農學系

医学部 i.ga.ku.bu 醫學系	薬学部 ya.ku.ga.ku.bu 藥學系	理系 ri.ke.i 理科	文系 bu.n.ke.i 文科

日本語学科 ni.ho.n.go.ga.k.ka 日文系	国際貿易学科 ko.ku.sa.i.bo.o.e.ki.ga.k.ka 國際貿易系

社会学部 sha.ka.i.ga.ku.bu 社會學系	情報学部 jo.o.ho.o.ga.ku.bu 資訊管理系

 社團活動

わたしは
サッカークラブに
入っています。

會話 ❶

何のクラブに入っていますか。 你參加什麼社團？
na.n.no.ku.ra.bu.ni.ha.i.t.te.i.ma.su.ka

バスケットボールです。 籃球社。
ba.su.ke.t.to.bo.o.ru.de.su

會話 ❷

面白いサークルはありますか。 有沒有什麼好玩
o.mo.shi.ro.i.sa.a.ku.ru.wa.a.ri.ma.su.ka 的社團？

剣道はどうですか。 劍道社如何？
ke.n.do.o.wa.do.o.de.su.ka

アーチェリー
a.a.che.ri.i
射箭

あいき どう
合気道
a.i.ki.do.o
合氣道

アイススケート
a.i.su.su.ke.e.to
溜冰

アイスホッケー
a.i.su.ho.k.ke.e
冰上曲棍球

アメリカンフットボール
a.me.ri.ka.n.fu.t.to.bo.o.ru
美式足球

えんげき
演劇
e.n.ge.ki
戲劇

がくせいかい
学生会
ga.ku.se.i.ka.i
學生會

がっしょうだん
合唱団
ga.s.sho.o.da.n
合唱團

からて
空手
ka.ra.te
空手道

けんどう
剣道
ke.n.do.o
劍道

ゴルフ
go.ru.fu
高爾夫

サッカー
sa.k.ka.a
足球

しゃしん
写真
sha.shi.n
攝影

オーケストラ
o.o.ke.su.to.ra
管絃樂

じゅうどう
柔道
ju.u.do.o
柔道

じょうば
乗馬
jo.o.ba
騎馬

すいえい
水泳
su.i.e.i
游泳

すもう
相撲
su.mo.o
相撲

ソフトテニス
so.fu.to.te.ni.su
軟式網球

ソフトボール
so.fu.to.bo.o.ru
壘球

たいそう
体操
ta.i.so.o
體操

たっきゅう
卓球
ta.k.kyu.u
桌球

チアリーダー
chi.a.ri.i.da.a
啦啦隊

テコンドー
te.ko.n.do.o
跆拳道

テニス te.ni.su 網球	バスケットボール ba.su.ke.t.to.bo.o.ru 籃球	ラクロス ra.ku.ro.su 長曲棍球

バドミントン ba.do.mi.n.to.n 羽球	バレーボール ba.re.e.bo.o.ru 排球

ボクシング bo.ku.shi.n.gu 拳擊	野球 や きゅう ya.kyu.u 棒球	ラグビー ra.gu.bi.i 橄欖球	スキー su.ki.i 滑雪

雨が降りそう。
はやく家に
帰らないと…

天氣

談論天氣

1 雨が降りそうです。
あめ ふ
a.me.ga.fu.ri.so.o.de.su

好像快下雨了。

2 雷が鳴っています。
かみなり な
ka.mi.na.ri.ga.na.t.te.i.ma.su

打雷了。

3 風が強いです。
かぜ つよ
ka.ze.ga.tsu.yo.i.de.su

風很強。

4 雲行きがあやしいです。
くも ゆ
ku.mo.yu.ki.ga.a.ya.shi.i.de.su

好像快下雨了。

會話

今日の天気はどうですか。
きょう てんき
kyo.o.no.te.n.ki.wa.do.o.de.su.ka

今天天氣如何？

とてもいい天気です。
てんき
to.te.mo.i.i.te.n.ki.de.su

天氣非常好。

單字充電站

そうですよね！

とてもいい
天気です。

🔊 087

天氣用語

晴れ は ha.re 晴天	曇り くも ku.mo.ri 多雲	風 かぜ ka.ze 颱風

<ruby>雨<rt>あめ</rt></ruby> a.me 下雨	<ruby>雪<rt>ゆき</rt></ruby> yu.ki 下雪

<ruby>小雨<rt>こさめ</rt></ruby> ko.sa.me 小雨	<ruby>大雨<rt>おおあめ</rt></ruby> o.o.a.me 大雨	<ruby>雷<rt>かみなり</rt></ruby> ka.mi.na.ri 打雷	<ruby>快晴<rt>かいせい</rt></ruby> ka.i.se.i 晴朗

<ruby>晴<rt>は</rt></ruby>れのち<ruby>曇<rt>くも</rt></ruby>り ha.re.no.chi.ku.mo.ri 晴時多雲	<ruby>台風<rt>たいふう</rt></ruby> ta.i.fu.u 颱風	<ruby>雹<rt>ひょう</rt></ruby> hyo.o 冰雹

<ruby>地震<rt>じしん</rt></ruby> ji.shi.n 地震	<ruby>余震<rt>よしん</rt></ruby> yo.shi.n 餘震	<ruby>津波<rt>つなみ</rt></ruby> tsu.na.mi 海嘯	<ruby>花粉飛散<rt>かふんひさん</rt></ruby> ka.fu.n.hi.sa.n 花粉飛揚

<ruby>床下浸水<rt>ゆかしたしんすい</rt></ruby> yu.ka.shi.ta.shi.n.su.i 淹水未達日式房屋的玄關高起處	<ruby>床上浸水<rt>ゆかうえしんすい</rt></ruby> yu.ka.u.e.shi.n.su.i 淹水超過日式房屋的玄關高起處

<ruby>警報<rt>けいほう</rt></ruby> ke.i.ho.o 警報	<ruby>予報<rt>よほう</rt></ruby> yo.ho.o 預報	<ruby>注意報<rt>ちゅういほう</rt></ruby> chu.u.i.ho.o 注意特報	あたたかい a.ta.ta.ka.i 溫暖

<ruby>涼<rt>すず</rt></ruby>しい su.zu.shi.i 涼爽	<ruby>暑<rt>あつ</rt></ruby>い a.tsu.i 炎熱	さむい sa.mu.i 寒冷	<ruby>梅雨<rt>つゆ</rt></ruby> tsu.yu 梅雨

最近お腹が出てきました。

人生百態

🌿 談論某人

1 あの人は見かけよりも若いです。
ひと　み　　　　　　　　わか
a.no.hi.to.wa.mi.ka.ke.yo.ri.mo.wa.ka.i.de.su

那個人實際年齡比外表還年輕。

2 最近お腹が出てきました。
さいきん　なか　で
sa.i.ki.n.o.na.ka.ga.de.te.ki.ma.shi.ta

最近我的肚子跑出來了。

3 彼はとても頑固です。
かれ　　　　　がんこ
ka.re.wa.to.te.mo.ga.n.ko.de.su

他非常頑固。

4 私は彼とウマが合いません。
わたし　かれ　　　　　　あ
wa.ta.shi.wa.ka.re.to.u.ma.ga.a.i.ma.se.n

我和他不合。

5 あの人は本当に頭が切れます。
ひと　　ほんとう　あたま　き
a.no.hi.to.wa.ho.n.to.o.ni.a.ta.ma.ga.ki.re.ma.su

那個人腦筋很靈活。

會話

彼女はきれいな人ですね。
かのじょ　　　　　　ひと
ka.no.jo.wa.ki.re.i.na.hi.to.de.su.ne

她真是一位美女！

ええ、性格もいいんですよ。
せいかく
e.e、se.i.ka.ku.mo.i.i.n.de.su.yo

是啊，個性也很好喔！

🌿 單字充電站

外表

かわいい	きれい	かっこいい
ka.wa.i.i	ki.re.i	ka.k.ko.i.i
可愛	漂亮	帥

| 童顔
do.o.ga.n
娃娃臉 | 美しい
u.tsu.ku.shi.i
美麗 | | 素敵
su.te.ki
非常漂亮 |

身高體型

| 背が高い
se.ga.ta.ka.i
高個子 | 背が低い
se.ga.hi.ku.i
矮個子 | やせている
ya.se.te.i.ru
瘦 | 太っている
fu.to.tte.i.ru
胖 |

| お腹が出ている
o.na.ka.ga.de.te.i.ru
有小腹 |

お腹が出てきました。

年紀

| 若い
wa.ka.i
年輕的 | 年寄り
to.shi.yo.ri
老年人 | 年上
to.shi.u.e
年長的 | 若く見える
wa.ka.ku.mi.e.ru
看起來年輕 |

| 年のわりにはふけて見える
to.shi.no.wa.ri.ni.wa.fu.ke.te.mi.e.ru
看起來比實際年齡老 |

いらっしゃい。

こんにちわ！

わ！すごく若くて
きれいなお母さんだ！
うらやましー…

優しい ya.sa.shi.i 溫柔、隨和	厳しい ki.bi.shi.i 嚴厲	気前がいい ki.ma.e.ga.i.i 大方	けち ke.chi 小氣
扱いやすい a.tsu.ka.i.ya.su.i 好相處的	扱いにくい a.tsu.ka.i.ni.ku.i 不好相處的	おとなっぽい o.to.na.p.po.i 成熟	子供っぽい ko.do.mo.p.po.i 幼稚
柔軟 ju.u.na.n 態度柔軟	強硬 kyo.o.ko.o 態度強硬	素直 su.na.o 坦率	偏屈 he.n.ku.tsu 扭捏
公明正大 ko.o.me.i.se.i.da.i 光明正大的	卑怯 hi.kyo.o 卑鄙	妥協的 da.kyo.o.te.ki 妥協	頑固 ga.n.ko 頑固
強い tsu.yo.i 堅強	弱い yo.wa.i 軟弱	明るい a.ka.ru.i 開朗的	暗い ku.ra.i 陰沉的
でしゃばり de.sha.ba.ri 愛出風頭	目立たない me.da.ta.na.i 低調	おもしろい o.mo.shi.ro.i 有趣的	つまらない tsu.ma.ra.na.i 無趣的
まじめ ma.ji.me 認真	いい加減 i.i.ka.ge.n 隨便	のんびり no.n.bi.ri 無憂無慮	くよくよ ku.yo.ku.yo 神經兮兮

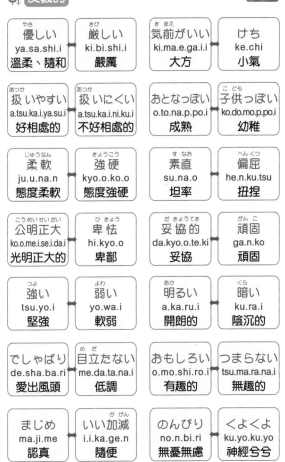

は～い

日本的行政區
一都一道二府43縣

🔊090

1

ほっかいどう
北海道
ho.k.ka.i.do.o

2

あおもりけん
青森県
a.o.mo.ri.ke.n

3

あきたけん
秋田県
a.ki.ta.ke.n

4

いわてけん
岩手県
i.wa.te.ke.n

おきなわ
沖縄
o.ki.na.wa

ちゅうぶ
中部
chu.u.bu

とうほく
東北
to.o.ho.ku

ちゅうごく
中国
chu.u.go.ku

きゅうしゅう
九州
kyu.u.shu.u

かんとう
関東
ka.n.to.o

きんき
近畿
ki.n.ki

しこく
四国
shi.ko.ku

名古屋の天むす
おいしいよ!

わたしは
東京都に
住んでるよ。

5

やまがたけん
山形県
ya.ma.ga.ta.ke.n

6

みやぎけん
宮城県
mi.ya.gi.ke.n

7

ふくしまけん
福島県
fu.ku.shi.ma.ke.n

8

にいがたけん
新潟県
ni.i.ga.ta.ke.n

9	10	11	12
とやまけん **富山県** to.ya.ma.ke.n	いしかわけん **石川県** i.shi.ka.wa.ke.n	ふくいけん **福井県** fu.ku.i.ke.n	ぎふけん **岐阜県** gi.fu.ke.n

13	14	15
ながのけん **長野県** na.ga.no.ke.n	やまなしけん **山梨県** ya.ma.na.shi.ke.n	あいちけん **愛知県** a.i.chi.ke.n

16	17	18
しずおかけん **静岡県** shi.zu.o.ka.ke.n	ちばけん **千葉県** chi.ba.ke.n	かながわけん **神奈川県** ka.na.ga.wa.ke.n

19	20	21
とうきょうと **東京都** TOKYO TOWER to.o.kyo.o.to 	さいたまけん **埼玉県** sa.i.ta.ma.ke.n	とちぎけん **栃木県** to.chi.gi.ke.n

22	23	24
ぐんまけん **群馬県** gu.n.ma.ke.n	いばらきけん **茨城県** i.ba.ra.ki.ke.n	おおさかふ **大阪府** o.o.sa.ka.fu

25	26	27	28
きょうとふ **京都府** kyo.o.to.fu	ならけん **奈良県** na.ra.ke.n	ひょうごけん **兵庫県** hyo.o.go.ke.n	しがけん **滋賀県** shi.ga.ke.n

| 29
 みえけん
 三重県
 mi.e.ke.n | 30
 わかやまけん
 和歌山県
 wa.ka.ya.ma.ke.n | 31
 ひろしまけん
 広島県
 hi.ro.shi.ma.ke.n |

| 32
 おかやまけん
 岡山県
 o.ka.ya.ma.ke.n | 33
 しまねけん
 島根県
 shi.ma.ne.ke.n | 34
 とっとりけん
 鳥取県
 to.t.to.ri.ke.n |

| 35
 やまぐちけん
 山口県
 ya.ma.gu.chi.ke.n | 36
 とくしまけん
 徳島県
 to.ku.shi.ma.ke.n | 37
 えひめけん
 愛媛県
 e.hi.me.ke.n | 38
 かがわけん
 香川県
 ka.ga.wa.ke.n |

| 39
 こうちけん
 高知県
 ko.o.chi.ke.n | 40
 ふくおかけん
 福岡県
 fu.ku.o.ka.ke.n | 41
 さがけん
 佐賀県
 sa.ga.ke.n | 42
 おおいたけん
 大分県
 o.o.i.ta.ke.n |

| 43
 ながさきけん
 長崎県
 na.ga.sa.ki.ke.n | 44
 くまもとけん
 熊本県
 ku.ma.mo.to.ke.n | 45
 みやざきけん
 宮崎県
 mi.ya.za.ki.ke.n |

| 46
 かごしまけん
 鹿児島県
 ka.go.shi.ma.ke.n | 47
 おきなわけん
 沖縄県
 o.ki.na.wa.ke.n |

日本地鐵圖

JAPANESE SUBWAY MAP

※ 所刊載之日本地鐵路線圖僅供參考，最新資訊請上
「Tokyo Metro」官網查詢。

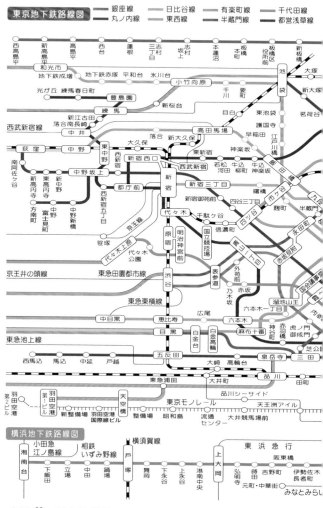

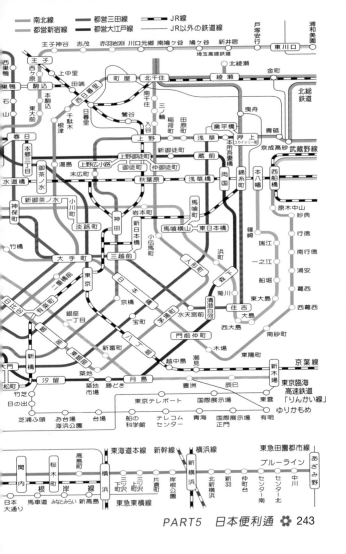

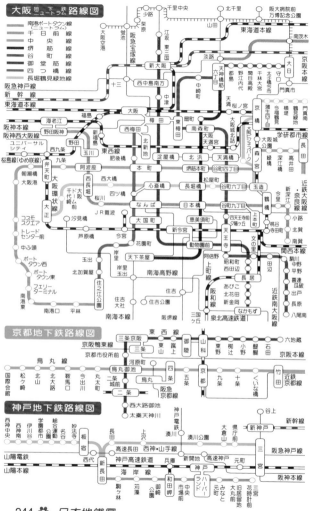

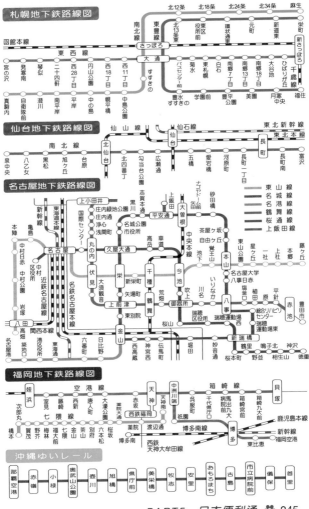

東京地下鉄路線

銀座線
ぎんざせん
gi.n.za.se.n

🔊 091

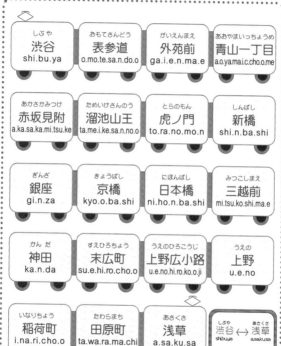

しぶや **渋谷** shi.bu.ya	おもてさんどう **表参道** o.mo.te.sa.n.do.o	がいえんまえ **外苑前** ga.i.e.n.ma.e	あおやまいっちょうめ **青山一丁目** a.o.ya.ma.i.c.cho.o.me
あかさかみつけ **赤坂見附** a.ka.sa.ka.mi.tsu.ke	ためいけさんのう **溜池山王** ta.me.i.ke.sa.n.no.o	とらのもん **虎ノ門** to.ra.no.mo.n	しんばし **新橋** shi.n.ba.shi
ぎんざ **銀座** gi.n.za	きょうばし **京橋** kyo.o.ba.shi	にほんばし **日本橋** ni.ho.n.ba.shi	みつこしまえ **三越前** mi.tsu.ko.shi.ma.e
かんだ **神田** ka.n.da	すえひろちょう **末広町** su.e.hi.ro.cho.o	うえのひろこうじ **上野広小路** u.e.no.hi.ro.ko.o.ji	うえの **上野** u.e.no
いなりちょう **稲荷町** i.na.ri.cho.o	たわらまち **田原町** ta.wa.ra.ma.chi	あさくさ **浅草** a.sa.ku.sa	しぶや あさくさ 渋谷 ↔ 浅草 shibuya asakusa

<ruby>日比谷線<rp>(</rp><rt>ひびやせん</rt><rp>)</rp></ruby>
hi.bi.ya.se.n

<ruby>中目黒<rp>(</rp><rt>なかめぐろ</rt><rp>)</rp></ruby>
na.ka.me.gu.ro

<ruby>恵比寿<rp>(</rp><rt>えびす</rt><rp>)</rp></ruby>
e.bi.su

<ruby>広尾<rp>(</rp><rt>ひろお</rt><rp>)</rp></ruby>
hi.ro.o

<ruby>六本木<rp>(</rp><rt>ろっぽんぎ</rt><rp>)</rp></ruby>
ro.p.po.n.gi

<ruby>神谷町<rp>(</rp><rt>かみやちょう</rt><rp>)</rp></ruby>
ka.mi.ya.cho.o

<ruby>霞ケ関<rp>(</rp><rt>かすみがせき</rt><rp>)</rp></ruby>
ka.su.mi.ga.se.ki

<ruby>日比谷<rp>(</rp><rt>ひびや</rt><rp>)</rp></ruby>
hi.bi.ya

<ruby>銀座<rp>(</rp><rt>ぎんざ</rt><rp>)</rp></ruby>
gi.n.za

<ruby>東銀座<rp>(</rp><rt>ひがしぎんざ</rt><rp>)</rp></ruby>
hi.ga.shi.gi.n.za

<ruby>築地<rp>(</rp><rt>つきじ</rt><rp>)</rp></ruby>
tsu.ki.ji

<ruby>八丁堀<rp>(</rp><rt>はっちょうぼり</rt><rp>)</rp></ruby>
ha.t.cho.o.bo.ri

<ruby>茅場町<rp>(</rp><rt>かやばちょう</rt><rp>)</rp></ruby>
ka.ya.ba.cho.o

<ruby>人形町<rp>(</rp><rt>にんぎょうちょう</rt><rp>)</rp></ruby>
ni.n.gyo.o.cho.o

<ruby>小伝馬町<rp>(</rp><rt>こでんまちょう</rt><rp>)</rp></ruby>
ko.de.n.ma.cho.o

<ruby>秋葉原<rp>(</rp><rt>あきはばら</rt><rp>)</rp></ruby>
a.ki.ha.ba.ra

<ruby>仲御徒町<rp>(</rp><rt>なかおかちまち</rt><rp>)</rp></ruby>
na.ka.o.ka.chi.ma.chi

<ruby>上野<rp>(</rp><rt>うえの</rt><rp>)</rp></ruby>
u.e.no

<ruby>入谷<rp>(</rp><rt>いりや</rt><rp>)</rp></ruby>
i.ri.ya

<ruby>三ノ輪<rp>(</rp><rt>みのわ</rt><rp>)</rp></ruby>
mi.no.wa

<ruby>南千住<rp>(</rp><rt>みなみせんじゅ</rt><rp>)</rp></ruby>
mi.na.mi.se.n.ju

<ruby>北千住<rp>(</rp><rt>きたせんじゅ</rt><rp>)</rp></ruby>
ki.ta.se.n.ju

<ruby>中目黒<rp>(</rp><rt>なかめぐろ</rt><rp>)</rp></ruby>
nakame.gu.ro ←→ <ruby>北千住<rp>(</rp><rt>きたせんじゅ</rt><rp>)</rp></ruby>
kitasen.ju

この地下鉄は
恵比寿に停まり
ますかね？

ちゃんと
停まりますよ！

有楽町線
ゆうらくちょうせん
yu.u.ra.ku.cho.o.se.n

わこうし	ちかてつなります	ちかてつあかつか	へいわだい
和光市	地下鉄成増	地下鉄赤塚	平和台
wa.ko.o.shi	chi.ka.te.tsu.na.ri.ma.su	chi.ka.te.tsu.a.ka.tsu.ka	he.i.wa.da.i

ひかわだい	こたけむかいはら	せんかわ	かなめちょう
氷川台	小竹向原	千川	要町
hi.ka.wa.da.i	ko.ta.ke.mu.ka.i.ha.ra	se.n.ka.wa	ka.na.me.cho.o

いけぶくろ	ひがしいけぶくろ	ごこくじ	えどがわばし
池袋	東池袋	護国寺	江戸川橋
i.ke.bu.ku.ro	hi.ga.shi.i.ke.bu.ku.ro	go.ko.ku.ji	e.do.ga.wa.ba.shi

いいだばし	いちがや	こうじまち	ながたちょう
飯田橋	市ケ谷	麹町	永田町
i.i.da.ba.shi	i.chi.ga.ya	ko.o.ji.ma.chi	na.ga.ta.cho.o

さくらだもん	ゆうらくちょう	ぎんざいっちょうめ	しんとみちょう
桜田門	有楽町	銀座一丁目	新富町
sa.ku.ra.da.mo.n	yu.u.ra.ku.cho.o	gi.n.za.i.c.cho.o.me	shi.n.to.mi.cho.o

つきしま	とよす	たつみ	しんきば
月島	豊洲	辰巳	新木場
tsu.ki.shi.ma	to.yo.su	ta.tsu.mi	shi.n.ki.ba

よよぎうえはら
代々木上原
yo.yo.gi.u.e.ha.ra

よよぎこうえん
代々木公園
yo.yo.gi.ko.o.e.n

めいじじんぐうまえ
明治神宮前
me.i.ji.ji.n.gu.u.ma.e

おもてさんどう
表参道
o.mo.te.sa.n.do.o

のぎざか
乃木坂
no.gi.za.ka

あかさか
赤坂
a.ka.sa.ka

こっかいぎじどうまえ
国会議事堂前
ko.k.ka.i.gi.ji.do.o.ma.e

かすみがせき
霞ケ関
ka.su.mi.ga.se.ki

ひびや
日比谷
hi.bi.ya

にじゅうばしまえ
二重橋前
ni.ju.u.ba.shi.ma.e

おおてまち
大手町
o.o.te.ma.chi

しんおちゃのみず
新御茶ノ水
shi.n.o.cha.no.mi.zu

ゆしま
湯島
yu.shi.ma

ねづ
根津
ne.zu

せんだぎ
千駄木
se.n.da.gi

にしにっぽり
西日暮里
ni.shi.ni.p.po.ri

まちや
町屋
ma.chi.ya

きたせんじゅ
北千住
ki.ta.se.n.ju

あやせ
綾瀬
a.ya.se

きたあやせ
北綾瀬
ki.ta.a.ya.se

よよぎうえはら
代々木上原
yo.yo.gi.u.e.ha.ra
←→
きたあやせ
北綾瀬
kitaayase

めぐろ
目黒
me.gu.ro

しろかねだい
白金台
shi.ro.ka.ne.da.i

しろかねたかなわ
白金高輪
shi.ro.ka.ne.ta.ka.na.wa

あざぶじゅうばん
麻布十番
a.za.bu.ju.u.ba.n

ろっぽんぎいっちょうめ
六本木一丁目
ro.p.po.n.gi.i.c.cho.o.me

ためいけさんのう
溜池山王
ta.me.i.ke.sa.n.no.o

ながたちょう
永田町
na.ga.ta.cho.o

よつや
四ツ谷
yo.tsu.ya

いちがや
市ケ谷
i.chi.ga.ya

いいだばし
飯田橋
i.i.da.ba.shi

こうらくえん
後楽園
ko.o.ra.ku.e.n

とうだいまえ
東大前
to.o.da.i.ma.e

ほんこまごめ
本駒込
ho.n.ko.ma.go.me

こまごめ
駒込
ko.ma.go.me

にしがはら
西ケ原
ni.shi.ga.ha.ra

おうじ
王子
o.o.ji

おうじかみや
王子神谷
o.o.ji.ka.mi.ya

しも
志茂
shi.mo

あかばねいわぶち
赤羽岩淵
a.ka.ba.ne.i.wa.bu.chi

めぐろ
目黒 ⟷ 赤羽岩淵
me.gu.ro　akabaneiwabuchi
あかばねいわぶち

やっと目黒に
着いた…

なかの **中野** na.ka.no	おちあい **落合** o.chi.a.i	たかだのばば **高田馬場** ta.ka.da.no.ba.ba	わせだ **早稲田** wa.se.da
かぐらざか **神楽坂** ka.gu.ra.za.ka	いいだばし **飯田橋** i.i.da.ba.shi	くだんした **九段下** ku.da.n.shi.ta	たけばし **竹橋** ta.ke.ba.shi
おおてまち **大手町** o.o.te.ma.chi	にほんばし **日本橋** ni.ho.n.ba.shi	かやばちょう **茅場町** ka.ya.ba.cho.o	もんぜんなかちょう **門前仲町** mo.n.ze.n.na.ka.cho.o
きば **木場** ki.ba	とうようちょう **東陽町** to.o.yo.o.cho.o	みなみすなまち **南砂町** mi.na.mi.su.na.ma.chi	にしかさい **西葛西** ni.shi.ka.sa.i
かさい **葛西** ka.sa.i	うらやす **浦安** u.ra.ya.su	みなみぎょうとく **南行徳** mi.na.mi.gyo.o.to.ku	ぎょうとく **行徳** gyo.o.to.ku
みょうでん **妙典** myo.o.de.n	ばらきなかやま **原木中山** ba.ra.ki.na.ka.ya.ma	にしふなばし **西船橋** ni.shi.fu.na.ba.shi	なかの **中野** ↔ にしふなばし **西船橋** nakano nishifunabashi

池袋 ↔ 荻窪
ike.bu.ku.ro　o.gi.ku.bo

今日銀座に行って買い物しようかな～

丸ノ内線
ma.ru.no.u.chi.se.n

いけぶくろ **池袋** i.ke.bu.ku.ro	しんおおつか **新大塚** shi.n.o.o.tsu.ka	みょうがだに **茗荷谷** myo.o.ga.da.ni	こうらくえん **後楽園** ko.o.ra.ku.e.n
ほんごうさんちょうめ **本郷三丁目** ho.n.go.o.sa.n.cho.o.me	おちゃのみず **御茶ノ水** o.cha.no.mi.zu	あわじちょう **淡路町** a.wa.ji.cho.o	おおてまち **大手町** o.o.te.ma.chi
とうきょう **東京** to.o.kyo.o	ぎんざ **銀座** gi.n.za	かすみがせき **霞ケ関** ka.su.mi.ga.se.ki	こっかいぎじどうまえ **国会議事堂前** ko.k.ka.i.gi.ji.do.o.ma.e
あかさかみつけ **赤坂見附** a.ka.sa.ka.mi.tsu.ke	よつや **四谷** yo.tsu.ya	よつやさんちょうめ **四谷三丁目** yo.tsu.ya.sa.n.cho.o.me	しんじゅくぎょえんまえ **新宿御苑前** shi.n.ju.ku.gyo.e.n.ma.e
しんじゅくさんちょうめ **新宿三丁目** shi.n.ju.ku.sa.n.cho.o.me	しんじゅく **新宿** shi.n.ju.ku	にししんじゅく **西新宿** ni.shi.shi.n.ju.ku	なかのさかうえ **中野坂上** na.ka.no.sa.ka.u.e
なかのしんばし **中野新橋** na.ka.no.shi.n.ba.shi	なかのふじみちょう **中野富士見町** na.ka.no.fu.ji.mi.cho.o	ほうなんちょう **方南町** ho.o.na.n.cho.o	しんなかの **新中野** shi.n.na.ka.no

ひがしこうえんじ	しんこうえんじ	みなみあさがや	おぎくぼ
東高円寺	新高円寺	南阿佐ケ谷	荻窪
hi.ga.shi.ko.o.e.n.ji	shi.n.ko.o.e.n.ji	mi.na.mi.a.sa.ga.ya	o.gi.ku.bo

しぶや 渋谷 ↔ おしあげ 押上〈スカイツリー前〉
shi.bu.ya　　o.shi.a.ge〈su.ka.i.tsu.ri.i.ma.e〉

はんぞうもんせん
半蔵門線
ha.n.zo.o.mo.n.se.n

🔊 093

しぶや	おもてさんどう	あおやまいっちょうめ	ながたちょう
渋谷	表参道	青山一丁目	永田町
shi.bu.ya	o.mo.te.sa.n.do.o	a.o.ya.ma.i.c.cho.o.me	na.ga.ta.cho.o

はんぞうもん	くだんした	じんぼうちょう	おおてまち
半蔵門	九段下	神保町	大手町
ha.n.zo.o.mo.n	ku.da.n.shi.ta	ji.n.bo.o.cho.o	o.o.te.ma.chi

みつこしまえ	すいてんぐうまえ	きよすみしらかわ	すみよし
三越前	水天宮前	清澄白河	住吉
mi.tsu.ko.shi.ma.e	su.i.te.n.gu.u.ma.e	ki.yo.su.mi.shi.ra.ka.wa	su.mi.yo.shi

きんしちょう	おしあげ
錦糸町	押上〈スカイツリー前〉
ki.n.shi.cho.o	o.shi.a.ge〈su.ka.i.tsu.ri.i.ma.e〉

一緒に渋谷に出かけない？

押上＜スカイツリー前＞ ↔ 西馬込
o.shi.a.ge ＜su.ka.i.tsu.ri.i.ma.e ＞　　ni.shi.ma.go.me

とえいあさくさせん
都営浅草線
to.e.i.a.sa.ku.sa.se.n

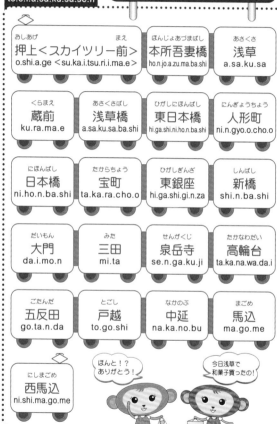

おしあげ　　　　　　　　　　　まえ
押上＜スカイツリー前＞
o.shi.a.ge ＜su.ka.i.tsu.ri.i.ma.e ＞

ほんじょあづまばし
本所吾妻橋
ho.n.jo.a.zu.ma.ba.shi

あさくさ
浅草
a.sa.ku.sa

くらまえ
蔵前
ku.ra.ma.e

あさくさばし
浅草橋
a.sa.ku.sa.ba.shi

ひがしにほんばし
東日本橋
hi.ga.shi.ni.ho.n.ba.shi

にんぎょうちょう
人形町
ni.n.gyo.o.cho.o

にほんばし
日本橋
ni.ho.n.ba.shi

たからちょう
宝町
ta.ka.ra.cho.o

ひがしぎんざ
東銀座
hi.ga.shi.gi.n.za

しんばし
新橋
shi.n.ba.shi

だいもん
大門
da.i.mo.n

みた
三田
mi.ta

せんがくじ
泉岳寺
se.n.ga.ku.ji

たかなわだい
高輪台
ta.ka.na.wa.da.i

ごたんだ
五反田
go.ta.n.da

とごし
戸越
to.go.shi

なかのぶ
中延
na.ka.no.bu

まごめ
馬込
ma.go.me

にしまごめ
西馬込
ni.shi.ma.go.me

ほんと！？
ありがとう！

今日浅草で
和菓子買ったの！

毎日
都営大江戸線で
会社に行きます！

ひかりおか　とちょうまえ
光が丘 ↔ 都庁前
hikarioka　to.cho.o.ma.e

とえいおおえどせん
都営大江戸線
to.e.i.o.o.e.do.se.n

ひかり　おか
光が丘
hi.ka.ri.ga.o.ka

ねりまかすがちょう
練馬春日町
ne.ri.ma.ka.su.ga.cho.o

としまえん
豊島園
to.shi.ma.e.n

ねりま
練馬
ne.ri.ma

しんえごた
新江古田
shi.n.e.go.ta

おちあいみなみながさき
落合南長崎
o.chi.a.i.mi.na.mi.na.ga.sa.ki

なかい
中井
na.ka.i

ひがしなかの
東中野
hi.ga.shi.na.ka.no

なかのさかうえ
中野坂上
na.ka.no.sa.ka.u.e

にししんじゅくごちょうめ
西新宿五丁目
ni.shi.shi.n.ju.ku.go.cho.o.me

とちょうまえ
都庁前
to.cho.o.ma.e

しんじゅく
新宿
shi.n.ju.ku

よよぎ
代々木
yo.yo.gi

こくりつきょうぎじょう
国立競技場
ko.ku.ri.tsu.kyo.o.gi.jo.o

あおやまいっちょうめ
青山一丁目
a.o.ya.ma.i.c.cho.o.me

ろっぽんぎ
六本木
ro.p.po.n.gi

あざぶじゅうばん
麻布十番
a.za.bu.ju.u.ba.n

あかばねばし
赤羽橋
a.ka.ba.ne.ba.shi

だいもん
大門
da.i.mo.n

しおどめ
汐留
shi.o.do.me

つきじしじょう
筑地市場
tsu.ki.ji.shi.jo.o

かち
勝どき
ka.chi.do.ki

つきしま
月島
tsu.ki.shi.ma

| もんぜんなかちょう 門前仲町 mo.n.ze.n.na.ka.cho.o | きよすみしらかわ 清澄白河 ki.yo.su.mi.shi.ra.ka.wa | もりした 森下 mo.ri.shi.ta | りょうごく 両国 ryo.o.go.ku |

| くらまえ 蔵前 ku.ra.ma.e | しんおかちまち 新御徒町 shi.n.o.ka.chi.ma.chi | うえのおかちまち 上野御徒町 u.e.no.o.ka.chi.ma.chi |

| ほんごうさんちょうめ 本郷三丁目 ho.n.go.o.sa.n.cho.o.me | かすが 春日 ka.su.ga | いいだばし 飯田橋 i.i.da.ba.shi |

| うしごめかぐらざか 牛込神楽坂 u.shi.go.me.ka.gu.ra.za.ka | うしごめやなぎちょう 牛込柳町 u.shi.go.me.ya.na.gi.cho.o | わかまつかわだ 若松河田 wa.ka.ma.tsu.ka.wa.da |

| ひがししんじゅく 東新宿 hi.ga.shi.shi.n.ju.ku | しんじゅくにしぐち 新宿西口 shi.n.ju.ku.ni.shi.gu.chi | とちょうまえ 都庁前 to.cho.o.ma.e |

とえいみたせん
都営三田線
to.e.i.mi.ta.se.n

🔊094

| にしたかしまだいら 西高島平 ni.shi.ta.ka.shi.ma.da.i.ra | しんたかしまだいら 新高島平 shi.n.ta.ka.shi.ma.da.i.ra | たかしまだいら 高島平 ta.ka.shi.ma.da.i.ra | にしだい 西台 ni.shi.da.i |

はすね
蓮根
ha.su.ne

しむらさんちょうめ
志村3丁目
shi.mu.ra.sa.n.cho.o.me

しむらさかうえ
志村坂上
shi.mu.ra.sa.ka.u.e

もとはすぬま
本蓮沼
mo.to.ha.su.nu.ma

いたばしほんちょう
板橋本町
i.ta.ba.shi.ho.n.cho.o

いたばしくやくしょまえ
板橋区役所前
i.ta.ba.shi.ku.ya.ku.sho.ma.e

しんいたばし
新板橋
shi.n.i.ta.ba.shi

にしすがも
西巣鴨
ni.shi.su.ga.mo

すがも
巣鴨
su.ga.mo

せんごく
千石
se.n.go.ku

はくさん
白山
ha.ku.sa.n

かすが
春日
ka.su.ga

すいどうばし
水道橋
su.i.do.o.ba.shi

じんぼうちょう
神保町
ji.n.bo.o.cho.o

おおてまち
大手町
o.o.te.ma.chi

ひびや
日比谷
hi.bi.ya

うちさいわいちょう
内幸町
u.chi.sa.i.wa.i.cho.o

おなりもん
御成門
o.na.ri.mo.n

しばこうえん
芝公園
shi.ba.ko.o.e.n

みた
三田
mi.ta

しろかねたかなわ
白金高輪
shi.ro.ka.ne.ta.ka.na.wa

しろかねだい
白金台
shi.ro.ka.ne.da.i

めぐろ
目黒
me.gu.ro

にしたかしまだいら
西高島平 ↔ 目黒
nishitakashimadaira
めぐろ
me.gu.ro

もとやわた
本八幡
mo.to.ya.wa.ta

しのざき
篠崎
shi.no.za.ki

みずえ
瑞江
mi.zu.e

いちのえ
一之江
i.chi.no.e

ふなほり
船堀
fu.na.bo.ri

ひがしおおじま
東大島
hi.ga.shi.o.o.ji.ma

おおじま
大島
o.o.ji.ma

にしおおじま
西大島
ni.shi.o.o.ji.ma

すみよし
住吉
su.mi.yo.shi

きくかわ
菊川
ki.ku.ka.wa

もりした
森下
mo.ri.shi.ta

はまちょう
浜町
ha.ma.cho.o

ばくろよこやま
馬喰横山
ba.ku.ro.yo.ko.ya.ma

いわもとちょう
岩本町
i.wa.mo.to.cho.o

おがわまち
小川町
o.ga.wa.ma.chi

じんぼうちょう
神保町
ji.n.bo.o.cho.o

くだんした
九段下
ku.da.n.shi.ta

いちがや
市ケ谷
i.chi.ga.ya

あけぼのばし
曙橋
a.ke.bo.no.ba.shi

しんじゅくさんちょうめ
新宿三丁目
shi.n.ju.ku.sa.n.cho.o.me

しんじゅく
新宿
shi.n.ju.ku

もとやわた
本八幡
mo.to.ya.wa.ta
↔
しんじゅく
新宿
shi.n.ju.ku

本八幡から新宿
までどのぐらい
かかるのかな？

40分ぐらい
かな～

私は関内に住んでるよ!

ブルーライン
bu.ru.u.ra.i.n

🔊 095

の あざみ野 a.za.mi.no	なかがわ 中川 na.ka.ga.wa	きた センター北 se.n.ta.a.ki.ta	みなみ センター南 se.n.ta.a.mi.na.mi

なかまちだい 仲町台 na.ka.ma.chi.da.i	にっぱ 新羽 ni.p.pa	きたしんよこはま 北新横浜 ki.ta.shi.n.yo.ko.ha.ma	しんよこはま 新横浜 shi.n.yo.ko.ha.ma

きしねこうえん 岸根公園 ki.shi.ne.ko.o.e.n	かたくらちょう 片倉町 ka.ta.ku.ra.cho.o	みつざわかみちょう 三ツ沢上町 mi.tsu.za.wa.ka.mi.cho.o

みつざわしもちょう 三ツ沢下町 mi.tsu.za.wa.shi.mo.cho.o	よこはま 横浜 yo.ko.ha.ma	たかしまちょう 高島町 ta.ka.shi.ma.cho.o

さくらぎちょう 桜木町 sa.ku.ra.gi.cho.o	かんない 関内 ka.n.na.i	いせざきちょうじゃまち 伊勢佐木長者町 i.se.za.ki.cho.o.ja.ma.chi

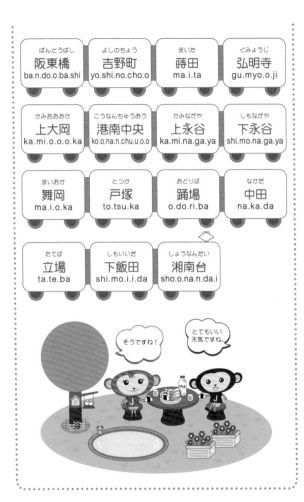

みなとみらい線
mi.na.to.mi.ra.i.se.n

よこはま 横浜
yo.ko.ha.ma ↔ もとまち ちゅうかがい 元町・中華街
mo.to.ma.chi.chu.u.ka.ga.i

よこはま 横浜 yo.ko.ha.ma	しんたかしま 新高島 shi.n.ta.ka.shi.ma	みなとみらい mi.na.to.mi.ra.i
ばしゃみち 馬車道 ba.sha.mi.chi	にほんおおどおり 日本大通り ni.ho.n.o.o.do.o.ri	もとまち ちゅうかがい 元町・中華街 mo.to.ma.chi.chu.u.ka.ga.i

馬車道 ← 日本大通り → 元町・中華街
niho.n.o.o.do.o.ri

なに食べに行く？

なんでもいいよ。

中華街の飲茶食べに行こうか？

いいね！

南港ポートタウン線（ニュートラム）
なんこう   せん
na.n.ko.o.po.o.to.ta.u.n.se.n(nyu.u.to.ra.mu) 🔊 096

コスモスクエア
ko.su.mo.su.ku.e.a

トレードセンター前
まえ
to.re.e.do.se.n.ta.a.ma.e

中ふ頭
なか　とう
na.ka.fu.to.o

ポートタウン西
にし
po.o.to.ta.u.n.ni.shi

ポートタウン東
ひがし
po.o.to.ta.u.n.hi.ga.shi

たこ焼き
おいしいそう～

フェリーターミナル
fe.ri.i.ta.a.mi.na.ru

南港東
なんこうひがし
na.n.ko.o.hi.ga.shi

南港口
なんこうぐち
na.n.ko.o.gu.chi

平林
ひらばやし
hi.ra.ba.ya.shi

住之江公園
すみのえこうえん
su.mi.no.e.ko.o.e.n

いらっしゃい

コスモスクエア ← → 住之江公園
ko.su.mo.su.ku.e.a　　すみのえこうえん
sumino.eko.oe.n

いらっしゃい！

大阪名物
たこ焼
おいしい！おいしい！

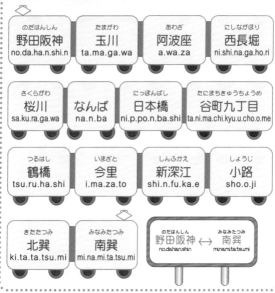

千日前線
せんにちまえせん
se.n.ni.chi.ma.e.se.n

のだはんしん 野田阪神 no.da.ha.n.shi.n	たまがわ 玉川 ta.ma.ga.wa	あわざ 阿波座 a.wa.za	にしながほり 西長堀 ni.shi.na.ga.ho.ri

さくらがわ 桜川 sa.ku.ra.ga.wa	なんば na.n.ba	にっぽんばし 日本橋 ni.p.po.n.ba.shi	たにまちきゅうちょうめ 谷町九丁目 ta.ni.ma.chi.kyu.u.cho.o.me

つるはし 鶴橋 tsu.ru.ha.shi	いまざと 今里 i.ma.za.to	しんふかえ 新深江 shi.n.fu.ka.e	しょうじ 小路 sho.o.ji

きたたつみ 北巽 ki.ta.ta.tsu.mi	みなみたつみ 南巽 mi.na.mi.ta.tsu.mi

のだはんしん 野田阪神 no.da.ha.n.shin	↔	みなみたつみ 南巽 mi.na.mi.ta.tsu.mi

中央線
ちゅうおうせん
chu.u.o.o.se.n

ながた 長田 na.ga.ta	たかいだ 高井田 ta.ka.i.da	ふかえばし 深江橋 fu.ka.e.ba.shi	みどりばし 緑橋 mi.do.ri.ba.shi

てんじんばしすじろくちょうめ
天神橋筋六丁目
te.n.ji.n.ba.shi.su.ji.ro.ku.cho.o.me

おうぎまち
扇町
o.u.gi.ma.chi

みなみもりまち
南森町
mi.na.mi.mo.ri.ma.chi

きたはま
北浜
ki.ta.ha.ma

さかいすじほんまち
堺筋本町
sa.ka.i.su.ji.ho.n.ma.chi

ながほりばし
長堀橋
na.ga.ho.ri.ba.shi

にっぽんばし
日本橋
ni.p.po.n.ba.shi

えびすちょう
恵美須町
e.bi.su.cho.o

どうぶつえんまえ
動物園前
do.o.bu.tsu.e.n.ma.e

てんがちゃや
天下茶屋
te.n.ga.cha.ya

天神橋筋六丁目 ↔ 天下茶屋
te.n.ji.n.ba.shi.su.ji.ro.ku.cho.o.me　　te.n.ga.cha.ya

やっと
天下茶屋に
着いた…

だいにち
大日
da.i.ni.chi

もりぐち
守口
mo.ri.gu.chi

たいしばしいまいち
太子橋今市
ta.i.shi.ba.shi.i.ma.i.chi

せんばやしおおみや
千林大宮
se.n.ba.ya.shi.o.o.mi.ya

せきめたかどの
関目高殿
se.ki.me.ta.ka.do.no

のえうちんだい
野江内代
no.e.u.chi.n.da.i

みやこじま
都島
mi.ya.ko.ji.ma

てんじんばしすじろくちょうめ
天神橋筋六丁目
te.n.ji.n.ba.shi.su.ji.ro.ku.cho.o.me

なかざきちょう
中崎町
na.ka.za.ki.cho.o

ひがしうめだ
東梅田
hi.ga.shi.u.me.da

みなみもりまち
南森町
mi.na.mi.mo.ri.ma.chi

てんまばし
天満橋
te.n.ma.ba.shi

たにまちよんちょうめ
谷町四丁目
ta.ni.ma.chi.yo.n.cho.o.me

たにまちろくちょうめ
谷町六丁目
ta.ni.ma.chi.ro.ku.cho.o.me

たにまちきゅうちょうめ
谷町九丁目
ta.ni.ma.chi.kyu.u.cho.o.me

してんのうじまえゆうひがおか
四天王寺前夕陽ヶ丘
shi.te.n.no.o.ji.ma.e.yu.u.hi.ga.o.ka

てんのうじ
天王寺
te.n.no.o.ji

あべの
阿倍野
a.be.no

ふみ さと
文の里
fu.mi.no.sa.to

たなべ
田辺
ta.na.be

こまがわなかの
駒川中野
ko.ma.ga.wa.na.ka.no

ひらの
平野
hi.ra.no

きれうりわり
喜連瓜破
ki.re.u.ri.wa.ri

でと
出戸
de.to

ながはら
長原
na.ga.ha.ra

やおみなみ
八尾南
ya.o.mi.na.mi

だいにち   やおみなみ
大日 ↔ 八尾南
dainichi   ya.o.minami

わたしは
八尾南に
住んでるよ。

266 ✿ 大阪地下鐵路線

御堂筋線
みどうすじせん
mi.do.o.su.ji.se.n

🔊 097

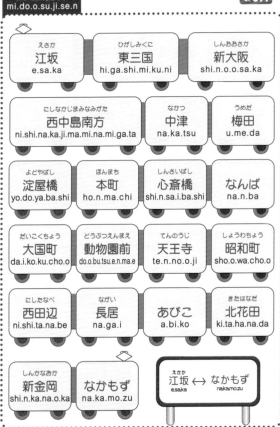

えさか
江坂
e.sa.ka

ひがしみくに
東三国
hi.ga.shi.mi.ku.ni

しんおおさか
新大阪
shi.n.o.o.sa.ka

にしなかじまみなみがた
西中島南方
ni.shi.na.ka.ji.ma.mi.na.mi.ga.ta

なかつ
中津
na.ka.tsu

うめだ
梅田
u.me.da

よどやばし
淀屋橋
yo.do.ya.ba.shi

ほんまち
本町
ho.n.ma.chi

しんさいばし
心斎橋
shi.n.sa.i.ba.shi

なんば
na.n.ba

だいこくちょう
大国町
da.i.ko.ku.cho.o

どうぶつえんまえ
動物園前
do.o.bu.tsu.e.n.ma.e

てんのうじ
天王寺
te.n.no.o.ji

しょうわちょう
昭和町
sho.o.wa.cho.o

にしたなべ
西田辺
ni.shi.ta.na.be

ながい
長居
na.ga.i

あびこ
a.bi.ko

きたはなだ
北花田
ki.ta.ha.na.da

しんかなおか
新金岡
shi.n.ka.na.o.ka

なかもず
na.ka.mo.zu

えさか
江坂 ⟷ なかもず
e.saka   nakamozu

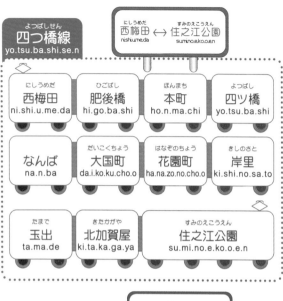

にしうめだ　　　　すみのえこうえん
西梅田 ↔ 住之江公園
nishi.ume.da　　　sumino.eko.o.en

にしうめだ	ひごばし	ほんまち	よつばし
西梅田	肥後橋	本町	四ツ橋
ni.shi.u.me.da	hi.go.ba.shi	ho.n.ma.chi	yo.tsu.ba.shi

	だいこくちょう	はなぞのちょう	きしのさと
なんば	大国町	花園町	岸里
na.n.ba	da.i.ko.ku.cho.o	ha.na.zo.no.cho.o	ki.shi.no.sa.to

たまで	きたかがや	すみのえこうえん
玉出	北加賀屋	住之江公園
ta.ma.de	ki.ta.ka.ga.ya	su.mi.no.e.ko.o.en

大国町←花園町→岸里
hanazono.cho.o

なに食べに行く？

なんでもいいよ。

最近忙しそうだけど、どうしたの？

別に！そんなことないよ！

長堀鶴見緑地線
なgaほりつるみりょくちせん
na.ga.ho.ri.tsu.ru.mi.ryo.ku.chi.se.n

かどまみなみ	つるみりょくち	よこづつみ	いまふくつるみ
門真南	鶴見緑地	横堤	今福鶴見
ka.do.ma.mi.na.mi	tsu.ru.mi.ryo.ku.chi	yo.ko.zu.tsu.mi	i.ma.fu.ku.tsu.ru.mi

がもうよんちょうめ	きょうばし	おおさか
蒲生四丁目	京橋	大阪ビジネスパーク
ga.mo.o.yo.n.cho.o.me	kyo.o.ba.shi	o.o.sa.ka.bi.ji.ne.su.pa.a.ku

もりのみや	たまつくり	たにまちろくちょうめ
森ノ宮	玉造	谷町六丁目
mo.ri.no.mi.ya	ta.ma.tsu.ku.ri	ta.ni.ma.chi.ro.ku.cho.o.me

まつやまち	ながほりばし	しんさいばし	にしおおはし
松屋町	長堀橋	心斎橋	西大橋
ma.tsu.ya.ma.chi	na.ga.ho.ri.ba.shi	shi.n.sa.i.ba.shi	ni.shi.o.o.ha.shi

にしながほり	まえちよざき	たいしょう
西長堀	ドーム前千代崎	大正
ni.shi.na.ga.ho.ri	do.o.mu.ma.e.chi.yo.za.ki	ta.i.sho.o

かどまみなみ		たいしょう
門真南	⟷	大正
ka.do.ma.mi.na.mi		ta.i.sho.o

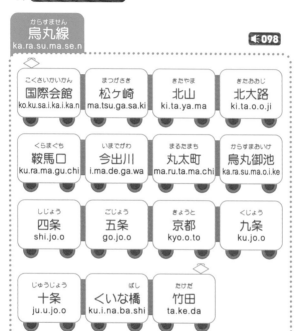

京都地下鉄路線

からすません
烏丸線
ka.ra.su.ma.se.n

🔊 098

こくさいかいかん **国際会館** ko.ku.sa.i.ka.i.ka.n	まつがさき **松ヶ崎** ma.tsu.ga.sa.ki	きたやま **北山** ki.ta.ya.ma	きたおおじ **北大路** ki.ta.o.o.ji
くらまぐち **鞍馬口** ku.ra.ma.gu.chi	いまでがわ **今出川** i.ma.de.ga.wa	まるたまち **丸太町** ma.ru.ta.ma.chi	からすまおいけ **烏丸御池** ka.ra.su.ma.o.i.ke
しじょう **四条** shi.jo.o	ごじょう **五条** go.jo.o	きょうと **京都** kyo.o.to	くじょう **九条** ku.jo.o
じゅうじょう **十条** ju.u.jo.o	ばし **くいな橋** ku.i.na.ba.shi	たけだ **竹田** ta.ke.da	

こくさいかいかん **国際会館** ← → たけだ **竹田**
kokusaikaikan　take.da

やっと京都に着いた…

ええ！

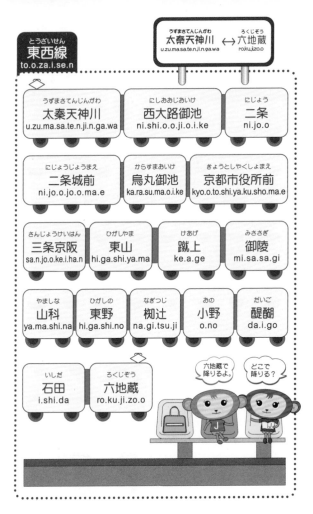

ここは
どこ？

西神・山手線
せいしん・やまてせん
se.i.shi.n・ya.ma.te.se.n

🔊 099

せいしんちゅうおう **西神中央** se.i.shi.n.chu.u.o.o	せいしんみなみ **西神南** se.i.shi.n.mi.na.mi	いかわだに **伊川谷** i.ka.wa.da.ni	がくえんとし **学園都市** ga.ku.e.n.to.shi

そうごううんどうこうえん **総合運動公園** so.o.go.o.u.n.do.o.ko.o.e.n	みょうだに **名谷** myo.o.da.ni	みょうほうじ **妙法寺** myo.o.ho.o.ji

いたやど **板宿** i.ta.ya.do	しんながた **新長田** shi.n.na.ga.ta	ながた **長田** na.ga.ta	かみさわ **上沢** ka.mi.sa.wa

みなとがわこうえん **湊川公園** mi.na.to.ga.wa.ko.o.e.n	おおくらやま **大倉山** o.o.ku.ra.ya.ma	けんちょうまえ **県庁前** ke.n.cho.o.ma.e

さんのみや **三宮** sa.n.no.mi.ya	しんこうべ **新神戸** shi.n.ko.o.be

せいしんちゅうおう **西神中央** se.i.shi.n.chu.u.o.o ⟷ しんこうべ **新神戸** shi.n.ko.o.be

しんながた 新長田 shi.n.na.ga.ta	こまがばやし 駒ケ林 ko.ma.ga.ba.ya.shi	かるも 苅藻 ka.ru.mo	みさきこうえん 御崎公園 mi.sa.ki.ko.o.e.n

わだみさき 和田岬 wa.da.mi.sa.ki	ちゅうおういちばまえ 中央市場前 chu.u.o.o.i.chi.ba.ma.e	ハーバーランド ha.a.ba.a.ra.n.do

もとまち みなと元町 mi.na.to.mo.to.ma.chi	きゅうきょりゅうち　　だいまるまえ 旧居留地・大丸前 kyu.u.kyo.ryu.u.chi da.i.ma.ru.ma.e

さんのみや　　　はなどけいまえ 三宮・花時計前 sa.n.no.mi.ya　ha.na.do.ke.i.ma.e

しんながた　　　　さんのみやはなどけいまえ
新長田 ←→ 三宮花時計前
shin.na.ga.ta　　sa.n.no.mi.ya.ha.na.do.ke.i.ma.e

🚉 札幌地下鉄路線

南北線
なんぼくせん
na.n.bo.ku.se.n

🔊100

あさぶ **麻生** a.sa.bu	きたさんじゅうよじょう **北34条** ki.ta.sa.n.ju.u.yo.jo.o	きたにじゅうよじょう **北24条** ki.ta.ni.ju.u.yo.jo.o	きたじゅうはちじょう **北18条** ki.ta.ju.u.ha.chi.jo.o
きたじゅうにじょう **北12条** ki.ta.ju.u.ni.jo.o	**さっぽろ** sa.p.po.ro	おおどおり **大通** o.o.do.o.ri	**すすきの** su.su.ki.no
なかじまこうえん **中島公園** na.ka.ji.ma.ko.o.e.n	ほろひらばし **幌平橋** ho.ro.hi.ra.ba.shi	なか　しま **中の島** na.ka.no.shi.ma	ひらぎし **平岸** hi.ra.gi.shi
みなみひらぎし **南平岸** mi.na.mi.hi.ra.gi.shi	すみかわ **澄川** su.mi.ka.wa	じえいたいまえ **自衛隊前** ji.e.i.ta.i.ma.e	まこまない **真駒内** ma.ko.ma.na.i

あさぶ　　　　　　　まこまない
麻生 ←→ 真駒内
asabu　　　makomanai

やっと札幌に着いた…

そうですね！

さかえまち
栄町
sa.ka.e.ma.chi

しんどうひがし
新道東
shi.n.do.o.hi.ga.shi

もとまち
元町
mo.to.ma.chi

かんじょうどおりひがし
環状通東
ka.n.jo.o.do.o.ri.hi.ga.shi

ひがしくやくしょまえ
東区役所前
hi.ga.shi.ku.ya.ku.sho.ma.e

きたじゅうさんじょうひがし
北13条東
ki.ta.ju.u.sa.n.jo.o.hi.ga.shi

さっぽろ
sa.p.po.ro

おおどおり
大通
o.o.do.o.ri

ほうすい
豊水すすきの
ho.o.su.i.su.su.ki.no

がくえんまえ
学園前
ga.ku.e.n.ma.e

とよひらこうえん
豊平公園
to.yo.hi.ra.ko.o.e.n

みその
美園
mi.so.no

つきさむちゅうおう
月寒中央
tsu.ki.sa.mu.chu.u.o.o

ふくずみ
福住
fu.ku.zu.mi

さかえまち　ふくずみ
栄町 ↔ 福住
sa.ka.e.ma.chi　fu.ku.zu.mi

時刻表は
どこに
ありますか？

案内所に
あります。

みや　　さわ
宮の沢
mi.ya.no.sa.wa

はっさむみなみ
発寒南
ha.s.sa.mu.mi.na.mi

ことに
琴似
ko.to.ni

にじゅうよんけん
二十四軒
ni.ju.u.yo.n.ke.n

にしにじゅうはっちょうめ
西28丁目
ni.shi.ni.ju.u.ha.c.cho.o.me

まるやまこうえん
円山公園
ma.ru.ya.ma.ko.o.e.n

にしじゅうはっちょうめ
西18丁目
ni.shi.ju.u.ha.c.cho.o.me

にしじゅういっちょうめ
西11丁目
ni.shi.ju.u.i.c.cho.o.me

おおどおり
大通
o.o.do.o.ri

まえ
バスセンター前
ba.su.se.n.ta.a.ma.e

きくすい
菊水
ki.ku.su.i

ひがしさっぽろ
東札幌
hi.ga.shi.sa.p.po.ro

しろいし
白石
shi.ro.i.shi

なんごうななちょうめ
南郷7丁目
na.n.go.o.na.na.cho.o.me

なんごうじゅうさんちょうめ
南郷13丁目
na.n.go.o.ju.u.sa.n.cho.o.me

なんごうじゅうはっちょうめ
南郷18丁目
na.n.go.o.ju.u.ha.c.cho.o.me

おおやち
大谷地
o.o.ya.chi

おか
ひばりが丘
hi.ba.ri.ga.o.ka

しん
新さっぽろ
shi.n.sa.p.po.ro

みや　　さわ　　　しん
宮の沢⟷新さっぽろ
miyano.sawa　shin.sappo

南北線
なんぼくせん
na.n.bo.ku.se.n

🔊101

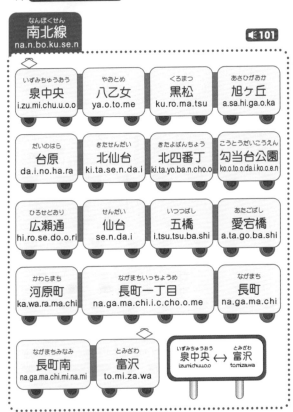

いずみちゅうおう
泉中央
i.zu.mi.chu.u.o.o

やおとめ
八乙女
ya.o.to.me

くろまつ
黒松
ku.ro.ma.tsu

あさひがおか
旭ケ丘
a.sa.hi.ga.o.ka

だいのはら
台原
da.i.no.ha.ra

きたせんだい
北仙台
ki.ta.se.n.da.i

きたよばんちょう
北四番丁
ki.ta.yo.ba.n.cho.o

こうとうだいこうえん
勾当台公園
ko.o.to.o.da.i.ko.o.e.n

ひろせどおり
広瀬通
hi.ro.se.do.o.ri

せんだい
仙台
se.n.da.i

いつつばし
五橋
i.tsu.tsu.ba.shi

あたごばし
愛宕橋
a.ta.go.ba.shi

かわらまち
河原町
ka.wa.ra.ma.chi

ながまちいっちょうめ
長町一丁目
na.ga.ma.chi.i.c.cho.o.me

ながまち
長町
na.ga.ma.chi

ながまちみなみ
長町南
na.ga.ma.chi.mi.na.mi

とみざわ
富沢
to.mi.za.wa

いずみちゅうおう
泉中央
izumichuu.o.o
⟷
とみざわ
富沢
tomizawa

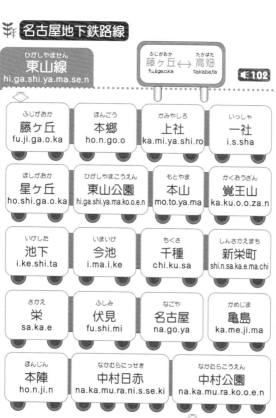

名古屋地下鉄路線

ふじがおか
藤ヶ丘 ←→ 高畑
fu.ji.ga.o.ka   takabata

🔊102

ふじがおか
藤ヶ丘
fu.ji.ga.o.ka

ほんごう
本郷
ho.n.go.o

かみやしろ
上社
ka.mi.ya.shi.ro

いっしゃ
一社
i.s.sha

ほしがおか
星ヶ丘
ho.shi.ga.o.ka

ひがしやまこうえん
東山公園
hi.ga.shi.ya.ma.ko.o.e.n

もとやま
本山
mo.to.ya.ma

かくおうざん
覚王山
ka.ku.o.o.za.n

いけした
池下
i.ke.shi.ta

いまいけ
今池
i.ma.i.ke

ちくさ
千種
chi.ku.sa

しんさかえまち
新栄町
shi.n.sa.ka.e.ma.chi

さかえ
栄
sa.ka.e

ふしみ
伏見
fu.shi.mi

なごや
名古屋
na.go.ya

かめじま
亀島
ka.me.ji.ma

ほんじん
本陣
ho.n.ji.n

なかむらにっせき
中村日赤
na.ka.mu.ra.ni.s.se.ki

なかむらこうえん
中村公園
na.ka.mu.ra.ko.o.e.n

いわつか
岩塚
i.wa.tsu.ka

はった
八田
ha.t.ta

たかばた
高畑
ta.ka.ba.ta

◇

おおぞね	へいあんどおり	しがほんどおり	くろかわ
大曽根	平安通	志賀本通	黒川
o.o.zo.ne	he.i.a.n.do.o.ri	shi.ga.ho.n.do.o.ri	ku.ro.ka.wa

めいじょうこうえん	しやくしょ	ひさやおおどおり	さかえ
名城公園	市役所	久屋大通	栄
me.i.jo.o.ko.o.e.n	shi.ya.ku.sho	hi.sa.ya.o.o.do.o.ri	sa.ka.e

やばちょう	かみまえづ	ひがしべついん	かなやま
矢場町	上前津	東別院	金山
ya.ba.cho.o	ka.mi.ma.e.zu	hi.ga.shi.be.tsu.i.n	ka.na.ya.ma

にしたかくら	じんぐうにし	てんまちょう	ほりた
西高蔵	神宮西	伝馬町	堀田
ni.shi.ta.ka.ku.ra	ji.n.gu.u.ni.shi	te.n.ma.cho.o	ho.ri.ta

みょうおんどおり	あらたまばし	みずほうんどうじょうひがし
妙音通	新瑞橋	瑞穂運動場東
myo.o.o.n.do.o.ri	a.ra.ta.ma.ba.shi	mi.zu.ho.u.n.do.o.jo.o.hi.ga.shi

そうごう	やごと	やごとにっせき
総合リハビリセンター	八事	八事日赤
so.o.go.o.ri.ha.bi.ri.se.n.ta.a	ya.go.to	ya.go.to.ni.s.se.ki

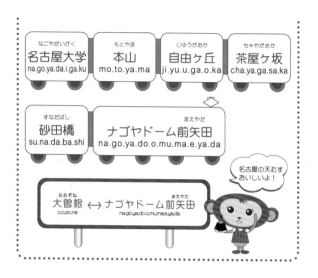

名港線
me.i.ko.o.se.n

🔊 103

金山 ↔ 名古屋港
かなやま　　なごやこう
kanayama　nagoyako.o

かなやま	ひびの	ろくばんちょう	とうかいどおり
金山	日比野	六番町	東海通
ka.na.ya.ma	hi.bi.no	ro.ku.ba.n.cho.o	to.o.ka.i.do.o.ri

みなとくやくしょ	つきじぐち	なごやこう
港区役所	築地口	名古屋港
mi.na.to.ku.ya.ku.sho	tsu.ki.ji.gu.chi	na.go.ya.ko.o

私は毎日
名港線で会社に
行きます！

上飯田線
ka.mi.i.i.da.se.n

かみいいだ	へいあんどおり
上飯田	平安通
ka.mi.i.i.da	he.i.a.n.do.o.ri

上飯田 ↔ 平安通
かみいいだ　　へいあんどおり
kami.ida　he.ian.do.o.ri

元祖
天むす

天むす～
おいしいよ！

天むすを食べなきゃ！
せっかく名古屋に
来たんだから！

天むす
おいしそう～

元祖
名古屋名物
天むす

六個 ６８０円
一個 １２０円

上小田井 ↔ 赤池
かみおたい　　あかいけ
kami.otai　aka.ike

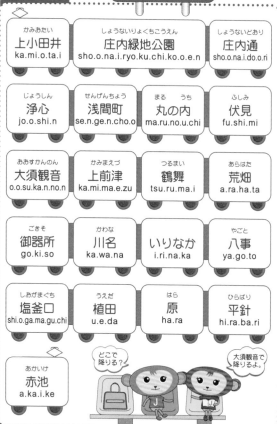

| かみおたい
上小田井
ka.mi.o.ta.i | しょうないりょくちこうえん
庄内緑地公園
sho.o.na.i.ryo.ku.chi.ko.o.e.n | しょうないどおり
庄内通
sho.o.na.i.do.o.ri |

| じょうしん
浄心
jo.o.shi.n | せんげんちょう
浅間町
se.n.ge.n.cho.o | まる　うち
丸の内
ma.ru.no.u.chi | ふしみ
伏見
fu.shi.mi |

| おおすかんのん
大須観音
o.o.su.ka.n.no.n | かみまえづ
上前津
ka.mi.ma.e.zu | つるまい
鶴舞
tsu.ru.ma.i | あらはた
荒畑
a.ra.ha.ta |

| ごきそ
御器所
go.ki.so | かわな
川名
ka.wa.na | **いりなか**
i.ri.na.ka | やごと
八事
ya.go.to |

| しおがまぐち
塩釜口
shi.o.ga.ma.gu.chi | うえだ
植田
u.e.da | はら
原
ha.ra | ひらばり
平針
hi.ra.ba.ri |

| あかいけ
赤池
a.ka.i.ke |

どこで降りる？

大須観音で降りるよ。

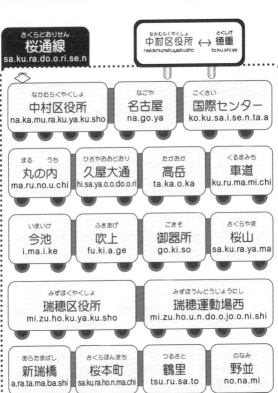

桜通線
さくらどおりせん
sa.ku.ra.do.o.ri.se.n

中村区役所 ↔ 徳重
なかむらくやくしょ とくしげ
nakamurakuyakusho to.ku.shi.ge

中村区役所
なかむらくやくしょ
na.ka.mu.ra.ku.ya.ku.sho

名古屋
なごや
na.go.ya

国際センター
こくさい
ko.ku.sa.i.se.n.ta.a

丸の内
まる うち
ma.ru.no.u.chi

久屋大通
ひさやおおどおり
hi.sa.ya.o.o.do.o.ri

高岳
たかおか
ta.ka.o.ka

車道
くるままみち
ku.ru.ma.mi.chi

今池
いまいけ
i.ma.i.ke

吹上
ふきあげ
fu.ki.a.ge

御器所
ごきそ
go.ki.so

桜山
さくらやま
sa.ku.ra.ya.ma

瑞穂区役所
みずほくやくしょ
mi.zu.ho.ku.ya.ku.sho

瑞穂運動場西
みずほうんどうじょうにし
mi.zu.ho.u.n.do.o.jo.o.ni.shi

新瑞橋
あらたまばし
a.ra.ta.ma.ba.shi

桜本町
さくらほんまち
sa.ku.ra.ho.n.ma.chi

鶴里
つるさと
tsu.ru.sa.to

野並
のなみ
no.na.mi

鳴子北
なるこきた
na.ru.ko.ki.ta

相生山
あいおいやま
a.i.o.i.ya.ma

神沢
かみさわ
ka.mi.sa.wa

徳重
とくしげ
to.ku.shi.ge

くうこうせん
空港線
ku.u.ko.o.se.n

🔊 104

| めいのはま
姪浜
me.i.no.ha.ma | むろみ
室見
mu.ro.mi | ふじさき
藤崎
fu.ji.sa.ki | にしじん
西新
ni.shi.ji.n |

| とうじんまち
唐人町
to.o.ji.n.ma.chi | おおほりこうえん
大濠公園
o.o.ho.ri.ko.o.e.n | あかさか
赤坂
a.ka.sa.ka | てんじん
天神
te.n.ji.n |

| なかすかわばた
中洲川端
na.ka.su.ka.wa.ba.ta | ぎおん
祇園
gi.o.n | はかた
博多
ha.ka.ta |

| ひがしひえ
東比恵
hi.ga.shi.hi.e | ふくおかくうこう
福岡空港
fu.ku.o.ka.ku.u.ko.o |

めいのはま
姪浜
me.i.no.ha.ma ↔ ふくおかくうこう
福岡空港
fu.ku.o.ka.ku.u.ko.o

ほんと！？
ありがとう！

昨日福岡で
明太子買ったの！

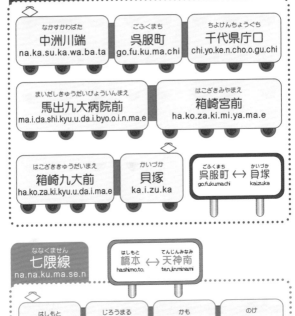

箱崎線
はこざきせん
ha.ko.za.ki.se.n

| なかすかわばた 中洲川端 na.ka.su.ka.wa.ba.ta | ごふくまち 呉服町 go.fu.ku.ma.chi | ちよけんちょうぐち 千代県庁口 chi.yo.ke.n.cho.o.gu.chi |

| まいだしきゅうだいびょういんまえ 馬出九大病院前 ma.i.da.shi.kyu.u.da.i.byo.o.i.n.ma.e | はこざきみやまえ 箱崎宮前 ha.ko.za.ki.mi.ya.ma.e |

| はこざききゅうだいまえ 箱崎九大前 ha.ko.za.ki.kyu.u.da.i.ma.e | かいづか 貝塚 ka.i.zu.ka | ごふくまち 呉服町 go.fukuma.chi ↔ かいづか 貝塚 kaizuka |

七隈線
ななくません
na.na.ku.ma.se.n

はしもと 橋本 ha.shimo.to ↔ てんじんみなみ 天神南 te.n.jin.minami

| はしもと 橋本 ha.shi.mo.to | じろうまる 次郎丸 ji.ro.o.ma.ru | かも 賀茂 ka.mo | のけ 野芥 no.ke |

| うめばやし 梅林 u.me.ba.ya.shi | ふくだいまえ 福大前 fu.ku.da.i.ma.e | ななくま 七隈 na.na.ku.ma | かなやま 金山 ka.na.ya.ma |

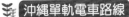

沖繩單軌電車路線

おきなわ
沖縄ゆいレール
o.ki.na.wa.yu.i.re.e.ru

🔊 105

なはくうこう
那覇空港
na.ha.ku.u.ko.o

あかみね
赤嶺
a.ka.mi.ne

おろく
小禄
o.ro.ku

おうのやまこうえん
奥武山公園
o.u.no.ya.ma.ko.o.e.n

つぼがわ
壺川
tsu.bo.ga.wa

あさひばし
旭橋
a.sa.hi.ba.shi

けんちょうまえ
県庁前
ke.n.cho.o.ma.e

みえばし
美栄橋
mi.e.ba.shi

まきし
牧志
ma.ki.shi

あさと
安里
a.sa.to

おもろまち
o.mo.ro.ma.chi

ふるじま
古島
fu.ru.ji.ma

しりつびょういんまえ
私立病院前
shi.ri.tsu.byo.o.i.n.ma.e

ぎほ
儀保
gi.bo

しゅり
首里
shu.ri

なはくうこう
那覇空港 ←→ しゅり **首里**
nahaku.u.ko.o　shu.ri

今日渋谷に行きたい～

到東京不可不知的
山手線各站

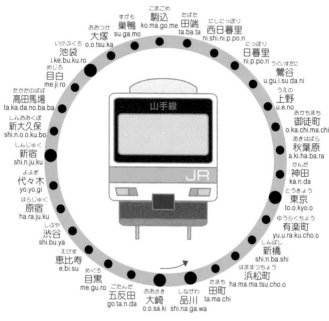

すがも
巣鴨
su.ga.mo

こまごめ
駒込
ko.ma.go.me

たばた
田端
ta.ba.ta

にしにっぽり
西日暮里
ni.shi.ni.p.po.ri

ああつか
大塚
o.o.tsu.ka

いけぶくろ
池袋
i.ke.bu.ku.ro

めじろ
目白
me.ji.ro

たかだのばば
高田馬場
ta.ka.da.no.ba.ba

しんあおくぼ
新大久保
shi.n.o.o.ku.bo

しんじゅく
新宿
shi.n.ju.ku

よよぎ
代々木
yo.yo.gi

はらじゅく
原宿
ha.ra.ju.ku

しぶや
渋谷
shi.bu.ya

えびす
恵比寿
e.bi.su

めぐろ
目黒
me.gu.ro

ごたんだ
五反田
go.ta.n.da

ああさき
大崎
o.o.sa.ki

しながわ
品川
shi.na.ga.wa

たまち
田町
ta.ma.chi

はままつちょう
浜松町
ha.ma.ma.tsu.cho.o

しんばし
新橋
shi.n.ba.shi

ゆうらくちょう
有楽町
yu.u.ra.ku.cho.o

とうきょう
東京
to.o.kyo.o

かんだ
神田
ka.n.da

あきはばら
秋葉原
a.ki.ha.ba.ra

おかちまち
御徒町
o.ka.chi.ma.chi

うえの
上野
u.e.no

うぐいすだに
鶯谷
u.gu.i.su.da.ni

にっぽり
日暮里
ni.p.po.ri

山手線

JR

上野動物園
に行きたい！

走訪日本各地
旅遊景點

107

🐒 東京旅遊景點

せんそうじ
浅草寺
se.n.so.o.ji
淺草神社

ふじきゅう
富士急ハイランド
fu.ji.kyu.u.ha.i.ra.n.do
富士急樂園

とうきょう
東京スカイツリー
to.o.kyo.su.ka.i.tsu.ri.i
東京晴空塔

とうきょう
東京タワー
to.o.kyo.o.ta.wa.a
東京鐵塔

めいじじんぐう
明治神宮
me.i.ji.ji.n.gu.u
明治神宮

たけしたどおり
竹下通り
ta.ke.shi.ta.do.o.ri
竹下通

よよぎこうえん
代々木公園
yo.yo.gi.ko.o.e.n
代代木公園

うえのどうぶつえん
上野動物園
u.e.no.do.o.bu.tsu.e.n
上野動物園

ディズニーランド
di.i.zu.ni.i.ra.n.do
迪士尼樂園

ディズニーシー
di.i.zu.ni.i.shi.i
迪士尼海洋

皇居
ko.o.kyo
日本天皇御所

東京駅一番街
to.o.kyo.o.e.ki.i.chi.ba.n.ga.i
東京車站一番街

三鷹の森ジブリ美術館
mi.ta.ka.no.mo.ri.ji.bu.ri.bi.ju.tsu.ka.n
三鷹之森吉卜力美術館

秋葉原電気街
a.ki.ha.ba.ra.de.n.ki.ga.i
秋葉原電器街

アメ横
a.me.yo.ko
阿美横丁

六本木ヒルズ
ro.p.po.n.gi.hi.ru.zu
六本木 HILLS

東京ドームシティー
to.o.kyo.o.do.o.mu.shi.ti.i
東京巨蛋城

川崎市藤子・F・藤二雄ミュージアム（ドラえもんミュージアム）
ka.wa.sa.ki.shi.fu.ji.ko・e.fu・fu.ji.o. myu.u.ji.a.mu.(do.ra.e.mo.n.myu.u.ji.a.mu)
川崎市藤子・F・不二雄博物館（哆啦A夢博物館）

サンリオピューロランド
sa.n.ri.o.pyu.u.ro.ra.n.do
三麗鷗彩虹樂園

築地市場
tsu.ki.ji.i.chi.ba
＊築地市場

としまえん
to.shi.ma.e.n
豐島園

東京青梅ダイバーシティ東京プラザ
to.o.kyo.o.o.u.me.da.i.ba.a.shi.ti.to.o.kyo.o.pu.ra.za
東京青梅 DIVER CITY TOKYO PLAZA

お台場海浜公園
o.da.i.ba.ka.i.hi.n.ko.o.en
台場海濱公園

鎌倉大仏
ka.ma.ku.ra.da.i.bu.tsu
鎌倉大佛

🎏 橫濱旅遊景點

新横浜ラーメン博物館
しんよこはま　はくぶつかん
shi.n.yo.ko.ha.ma.ra.a.me.n.ha.ku.bu.tsu.ka.n

新橫濱拉麵博物館

八景島シーパラダイス
はっけいじま
ha.k.ke.i.ji.ma.shi.i.pa.ra.da.i.su

八景島海洋遊樂園

横浜中華街
よこはまちゅうかがい
yo.ko.ha.ma.chu.u.ka.ga.i

橫濱中華街

建長寺
けんちょうじ
ke.n.cho.o.ji

建長寺

*築地「場內市場」已於2018
年10月11日搬遷至「豐洲市
場」（豐洲 to.yo.su）。但場
外市場的商家則繼續營業不
搬遷。

🎏 大阪旅遊景點

心斎橋
しんさいばし
shi.n.sa.i.ba.shi

心齋橋

道頓堀
どうとんぼり
do.o.to.n.bo.ri

道頓堀

大阪城公園
おおさかじょうこうえん
o.o.sa.ka.jo.o.ko.o.e.n

大阪城公園

海遊館
かいゆうかん
ka.i.yu.u.ka.n

海遊館

大阪ステーションシティ
おおさか
o.o.sa.ka.su.te.e.sho.n.shi.ti

大阪站城市

梅田・茶屋町
うめ だ　ちゃ や まち
u.me.da・cha.ya.ma.chi

梅田・茶屋町

ユニバーサルスタジオジャパン yu.ni.ba.a.sa.ru.su.ta.ji.o.ja.pa.n **環球影城**	アメリカ村 <ruby>むら</ruby> a.me.ri.ka.mu.ra **美國村**
なんば花月 <ruby>か げつ</ruby> na.n.ba.ka.ge.tsu **難波花月 (吉本新喜劇場)**	万博記念公園 <ruby>ばんぱく き ねんこうえん</ruby> ba.n.pa.ku.ki.ne.n.ko.o.e.n **萬博紀念公園**
新世界・通天閣 <ruby>しん せ かい つうてんかく</ruby> shi.n.se.ka.i・tsu.u.te.n.ka.ku **新世界 ・ 通天閣**	大阪城 <ruby>おおさかじょう</ruby> o.o.sa.ka.jo.o **大阪城**
千日前道具屋筋商店街 <ruby>せんにちまえどう ぐ や すじしょうてんがい</ruby> se.n.ni.chi.ma.e.do.o.gu.ya.su. ji.sho.o.te.n.ga.i **千日前道具商店街**	住吉大社 <ruby>すみよしたいしゃ</ruby> su.mi.yo.shi.ta.i.sha **住吉大社**

🎋 **廣島旅遊景點**

平和記念公園
<ruby>へいわ き ねんこうえん</ruby>
he.i.wa.ki.ne.n.ko.o.e.n
和平紀念公園

広島城
<ruby>ひろしまじょう</ruby>
hi.ro.shi.ma.jo.o
廣島城

宮島
<ruby>みやじま</ruby>
mi.ya.ji.ma
宮島

きよみずでら 清水寺 ki.yo.mi.zu.de.ra 清水寺	きんかくじ 金閣寺 ki.n.ka.ku.ji 金閣寺	ぎんかくじ 銀閣寺 gi.n.ka.ku.ji 銀閣寺	とうじ 東寺 to.o.ji 東寺

あらしやま と げつきょう 嵐山渡月橋 a.ra.shi.ya.ma.to.ge.tsu.kyo.o 嵐山渡月橋	はな み こう じ どあ 花見小路通り ha.na.mi.ko.o.ji.do.o.ri 花見小路通

ふし み いなり たいしゃ 伏見稲荷大社 fu.shi.mi.i.na.ri.ta.i.sha 伏見稲荷大社	きょうと 京都タワー kyo.o.to.ta.wa.a 京都塔	かみ が も じんじゃ 上賀茂神社 ka.mi.ga.mo.ji.n.ja 上賀茂神社

しもがもじんじゃ 下鴨神社 shi.mo.ga.mo.ji.n.ja 下鴨神社	に じょうじょう 二条城 ni.jo.o.jo.o 二條城

ほんと！？
ありがとう！

昨日京都で
和菓子買ったの！

い じん かん 異人館 i.ji.n.ka.n 異人館	こう べ こう 神戸港 ko.o.be.ko.o 神戸港	ぬのびき えん 布引ハーブ園 nu.no.bi.ki.ha.a.bu.e.n 布引香草園	ろっこうさん 六甲山 ro.k.ko.o.sa.n 六甲山

もとまち ちゅう か がい 元町・中華街 mo.to.ma.chi・chu.u.ka.ga.i 元町・中華街	こう べ 神戸ポートタワー ko.o.be.po.o.to.ta.wa.a 神戸塔

🌿 福岡旅遊景點

スペースワールド
su.pe.e.su.wa.a.ru.do
太空世界

ふくおか
福岡ドーム
fu.ku.o.ka.do.o.mu
福岡巨蛋

🌿 長崎旅遊景點

ハウステンボス
ha.u.su.te.n.bo.su
豪士登堡

オランダ坂
o.ra.n.da.za.ka
荷蘭坡

きゅうながさきえいこくりょうじ かん
旧長崎英国領事館
kyu.u.na.ga.sa.ki.e.i.ko.ku.ryo.o.ji.ka.n
舊長崎英國領事館

🌿 北海道旅遊景點

おたるうん が
小樽運河
o.ta.ru.u.n.ga
小樽運河

さっぽろ とけいだい
札幌時計台
sa.p.po.ro.to.ke.i.da.i
札幌時鐘台

ふらの
富良野
fu.ra.no
富良野

はこだて
函館
ha.ko.da.te
函館

びえい
美瑛
bi.e.i
美瑛

はい！
楽しかった
ですね！

北海道
楽しかった？

沖繩旅遊景點

な は こくさいどお 那覇国際通り na.ha.ko.ku.sa.i.do.o.ri 那霸國際通	ちゅ うみすいぞくかん 美ら海水族館 chu.ra.u.mi.su.i.zo.ku.ka.n 美海水族館

つぼ や 壺屋 tsu.bo.ya 壺屋	しゅ りじょう 首里城 shu.ri.jo.o 首里城	まん ざ もう 万座毛 ma.n.za.mo.o 萬座毛	せ そこ 瀬底ビーチ se.so.ko.bi.i.chi 瀬底海灘

108

高島屋で
いっぱい
買い物をした！

日本名店瀏覽

🌾 百貨公司

<small>たかしま や</small>
高島屋
ta.ka.shi.ma.ya

高島屋

<small>まつざか や</small>
松阪屋
ma.tsu.za.ka.ya

松阪屋

<small>みつこし</small>
三越
mi.tsu.ko.shi

三越

<small>い せ たん</small>
伊勢丹
i.se.ta.n

伊勢丹

<small>お だきゅうひゃっ かてん</small>
小田急百貨店
o.da.kyu.u.hya.k.ka.te.n

小田急百貨店

<small>せいぶひゃっ かてん</small>
西武百貨店
se.i.bu.hya.k.ka.te.n

西武百貨店

<small>とう ぶひゃっかてん</small>
東武百貨店
to.o.bu.hya.k.ka.te.n

東武百貨店

<small>はんしん ひゃっかてん</small>
阪神百貨店
ha.n.shi.n.hya.k.ka.te.n

阪神百貨店

<small>だいまる</small>
大丸
da.i.ma.ru

大丸

<small>けいおうひゃっ かてん</small>
京王百貨店
ke.i.o.o.hya.k.ka.te.n

京王百貨

あべのハルカス
a.be.no.ha.ru.ka.su

阿倍野HARUKAS
(綜合性設施大樓)

🌾 流行購物大樓

<small>いちまるきゅう</small>
109
i.chi.ma.ru.kyu.u

109百貨公司

<small>とうきゅう</small>
東急プラザ
to.o.kyu.u.pu.ra.za

TOKYU PLAZA

ヘップファイブ he.p.pu.fa.i.bu **HEPFIVE**	表参道ヒルズ o.mo.te.sa.n.do.o.hi.ru.zu **表参道hills**

LOFT ro.fu.to **LOFT**	ルミネ ru.mi.ne **LUMINE**	パルコ pa.ru.ko **PARCO**	丸井(OIOI) ma.ru.i **丸井**

三越に行きましょうか？

いいね。行きましょう！

🌿 連鎖書店

紀伊国屋 ki.no.ku.ni.ya **紀伊國屋**	丸善 ma.ru.ze.n **丸善**	ブックファースト (BOOK 1st) bu.k.ku.fa.a.su.to **第一書店**

ジュンク堂 ju.n.ku.do.o **淳久堂**	ツタヤ書店 tsu.ta.ya.sho.te.n **TSUTAYA書店**	ブックオフ bu.k.ku.o.fu **BOOK OFF**	三省堂書店 sa.n.se.i.do.o.sho.te.n **三省堂書店**

🌿 連鎖速食店

モスバーガー mo.su.ba.a.ga.a （MOS BURGER） **摩斯漢堡**	マクドナルド ma.ku.do.na.ru.do （McDonald's） **麥當勞**

ロッテリア
ro.t.te.ri.a
（LOTTERIA）
儂特利

ウェンディーズ
we.n.di.i.zu
（Wendy's）
溫蒂漢堡

サブウェイ
sa.bu.we.i
（SUBWAY）
潛艇堡

ケンタッキー
ke.n.ta.k.ki.i
（KFC）
肯德基

ミスタードーナツ
mi.su.ta.a.do.o.na.tsu
（Mister Dount）
甜甜圈專賣店

🌾 **餐飲連鎖店**

吉野家
<small>よしの や</small>
yo.shi.no.ya
吉野家

イタリアントマト
i.ta.ri.a.n.to.ma.to
義大利麵專賣店

松屋
<small>まつ や</small>
ma.tsu.ya
松屋（定食專賣店）

富士そば
<small>ふ じ</small>
fu.ji.so.ba
富士麵屋

てん屋
<small>や</small>
te.n.ya
天屋天婦羅

CoCo壱番
<small>いちばん</small>
ko.ko.i.chi.ba.n
CoCo壹番屋咖哩

すき家
<small>や</small>
su.ki.ya
SUKI家牛丼

餃子の王将
<small>ぎょうざ おうしょう</small>
gyo.o.za.no.o.o.sho.o
餃子的王將

だるま
da.ru.ma
大阪老字號
串炸連鎖店

ガスト
ga.su.to
連鎖家庭餐廳

サイゼリア
sa.i.ze.ri.a
薩利亞義式餐廳

アフタヌーンティー
a.fu.ta.nu.u.n.ti.i
午茶風光

まるがめせいめん
丸亀製麺
ma.ru.ga.me.se.i.me.n
丸亀製麺(連鎖烏龍麵店)

ヤマザキ
ya.ma.za.ki
(Yamazaki)
山崎麵包店

ほうらい
551蓬萊
go.go.i.chi.ho.o.ra.i
551蓬萊

たろう
太郎ずし
ta.ro.o.zu.shi
太郎壽司

ロイヤルホスト
ro.i.ya.ru.ho.su.to
樂雅樂

ポムの樹
po.mu.no.ki
蘋果樹
(蛋包飯專賣店)

🎋 連鎖便利商店

コンビニエンスストア(コンビニ)
ko.n.bi.ni.e.n.su.su.to.a(ko.n.bi.ni)
(Covenience Store)
便利商店

ファミリーマート
fa.mi.ri.i.ma.a.to
(Family mart)
全家便利商店

セブンイレブン
se.bu.n.i.re.bu.n
(Seven Eleven)
7-11

ミニストップ
mi.ni.su.to.p.pu
Mini Stop

サークルK
sa.a.ku.ru.ke.e
Circle K

サンクス
sa.n.ku.su
Sunkus

ローソン
ro.o.so.n
Lawson

いいよ。

スターバックスで
コーヒーを
飲まない?

咖啡品牌

ネスレ
ne.su.re
（Nestle）
雀巢

マクスウェルハウス
ma.ku.su.we.ru.ha.u.su
麥斯威爾

コーヒーかん
珈琲館
ko.o.hi.i.ka.n
咖啡館

スターバックス
su.ta.a.ba.k.ku.su
（Starbucks）
星巴克

キーコーヒー
ki.i.ko.o.hi.i
Key Coffee

ドトールコーヒー
do.to.o.ru.ko.o.hi.i
（Doutor Coffee）
羅多倫咖啡

其他連鎖店

むじるしりょうひん
無印 良品
mu.ji.ru.shi.ryo.o.hi.n
無印良品

ユニクロ
yu.ni.ku.ro
UNIQLO

gu
ji.i.yu.u
gu
（UNIQLO副牌）

ウィゴー
wi.go.o
WEGO服飾店

ABCマート
e.i.bi.i.shi.i.ma.a.to
ABC MART鞋店

メガネドラック
me.ga.ne.do.ra.k.ku
眼鏡連鎖店

zoff
zo.fu
zoff 眼鏡連鎖店

めがね いち ば
眼鏡市場
me.ga.ne.i.chi.ba
眼鏡連鎖店

イオン
i.o.n
（AEON）
大型超市

私はよくイオン買い物に行くよ。

ジャスコ
ja.su.ko
（JASCO）
大型超市

私はよくジャスコ買い物に行くよ。

マツモトキヨシ
ma.tsu.mo.to.ki.yo.shi
大型藥妝店

ドンキホーテ
do.n.ki.ho.o.te
大型特價賣場

とうきゅう
東急ハンズ
to.o.kyu.u.ha.n.zu
台隆手創館

フランフラン
fu.ra.n.fu.ra.n
Francfranc

モノコムサ
mo.no.ko.mu.sa
MONO COMME CA
（生活雜貨店）

スリーコインズ
3COINS
su.ri.i.ko.i.n.zu
315日圓商店

ダイソー
da.i.so.o
大創39元商店

ビックカメラ
bi.k.ku.ka.me.ra
（Bic Camera）
電器用品店

タワーレコード
ta.wa.a.re.ko.o.do
（Tower Record）
淘兒音樂城

行前清單

● 證件、資料

□ 機票 □ 護照（有效期限超過六個月）
□ 身份證 □ 二張2吋大頭照
□ 旅行行程表 □ 旅遊指南、地圖
□ 住宿地點電話：
□ 住宿地點地址：

□ 海外旅行保險（單）
□ 行李箱鑰匙、密碼
□ 日幣：_____日圓；
　　台幣：_____元
□ 信用卡(有提款功能)

● 個人護理

□ 盥洗用具 ❶（沐浴乳(肥皂)、
　　洗髮乳、護髮乳）
□ 洗面乳、卸妝油（乳）❶
□ 保養品（保養用具）❶
□ 化妝品（化妝用具）❶
□ 牙刷、牙膏 ❶
□ 生理用品（衛生棉、護墊）
□ 刮鬍刀、刮鬍泡 ❶
□ 美髮用品 ❶
□ 毛巾、手帕、衛生紙、濕紙巾
□ 隱形眼鏡、隱形眼鏡清潔液 ❶
□ 眼藥水
□ 指甲刀 ❶
□ 塑膠袋、夾鏈袋
□ 安全別針
□ 防曬油（乳）❶
□ 購物袋
□ 橡皮筋、髮帶、髮圈

● 衣物（依季節調整攜帶衣物）

□ 上衣：____件
□ 長褲：____條
□ 短褲、短裙：____件
□ 鞋子：____雙
□ 拖鞋
□ 帽子、太陽眼鏡
□ 外套：____件
□ 衛生衣、發熱衣、背心
□ 毛衣
□ 圍巾、手套、毛帽、
　　耳罩、口罩
□ 內衣：____件
□ 內褲、免洗內褲：____件
□ 襪子、免洗襪：____雙
□ 睡衣
□ 泳衣、泳褲、泳帽、蛙鏡
□ 雨具（雨傘、雨衣）
□ 其他：

● 電器（搭乘飛機時請將電源及漫遊功能關閉。）

□ 手機（電池、充電器）
□ 相機、攝影機（電池、充電器、其他）
□ 記憶卡（底片）
□ 筆記型電腦（隨身碟、充電器）
□ 隨身聽、MP3（耳機、電池）

請關閉電源和漫遊！

● 常備藥品

□ 習慣性用藥：
□ 其他：暈車藥、暈機藥、止痛藥、退燒藥、安眠藥、萬金油胃腸藥、OK繃、乳液

● 其他

□ 閱讀書籍、雜誌
□ 初學者開口說日語
□ 日語單字便利通
□ 文具用品（筆記本、筆）
□ 採購清單

● 回程

□ 機票、護照
□ 回程交通方式、時間
□ 採購物品（紀念品、伴手禮、免稅商品）
□ 確認住家、汽車、行李箱鑰匙
□ 新台幣、零錢

□ 檢查行李箱、隨身行李
□ 是否有物品遺漏在旅館
□ 提早辦理退房手續
□ 剩餘外幣（用完、換回、作紀念）

❶《需托運的東西》銳利物品例如指甲刀、剪刀、高壓氣體瓶（噴霧劑等）、超過100ml以上的液體（洗面乳、乳液也算）。

※ 行動電源和鋰電池請放於手提行李

※ 行前小提醒：建議大家提早約兩個小時抵達機場，以避免有突發狀況發生！出發前記得留下旅行社或緊急聯絡人電話喔！

初學者開口說日語/中間多惠著. -- 三版. -- 臺北市：
笛藤出版, 2021.08
面； 公分
隨身攜帶版
ISBN 978-957-710-827-2(平裝)

1.日語 2.會話

803.188　　　　　　　　　　110013555

隨身攜帶版
初學者 開口說日語

🔊 附中日發音音檔QR Code

2024年2月27日　三版第3刷　定價280元

著　　　者	中間多惠	
編　　　輯	詹雅惠·羅巧儀·徐一巧	
編輯協力	立石悠佳·林育萱	
內頁設計	李靜屏·川瀨隆士·徐一巧	
封面設計	王舒玗	
總 編 輯	洪季楨	
編輯企劃	笛藤出版	
發 行 人	林建仲	
發 行 所	八方出版股份有限公司	
地　　　址	台北市中山區長安東路二段171號3樓3室	
電　　　話	(02) 2777-3682	
傳　　　真	(02) 2777-3672	
總 經 銷	聯合發行股份有限公司	
地　　　址	新北市新店區寶橋路235巷6弄6號2樓	
電　　　話	(02)2917-8022·(02)2917-8042	
製 版 廠	造極彩色印刷製版股份有限公司	
地　　　址	新北市中和區中山路二段380巷7號1樓	
電　　　話	(02)2240-0333·(02)2248-3904	
印 刷 廠	皇甫彩藝印刷股份有限公司	
地　　　址	新北市中和區中正路988巷10號	
郵撥帳戶	八方出版股份有限公司	
郵撥帳號	19809050